Die Originalausgabe erschien 1999 unter dem Titel
»Visibilità zero. Le disavventure dell'on. Slucca«
bei Mondadori in Mailand.

ISBN 3-492-04207-4
© Arnoldo Mondadori Editore S.p.A., Mailand 1999
Deutsche Ausgabe:
© Piper Verlag GmbH, München 2000
Gesetzt aus der Bembo
Gesamtherstellung: Clausen & Bosse, Leck
Printed in Germany

FRUTTERO & FRUTTERO

Der unsichtbare Zweite

Die denkwürdigen Abenteuer
des Parlamentsabgeordneten Slucca

Aus dem Italienischen
von Dora Winkler

Piper
München · Zürich

FRUTTERO & FRUTTERO
Der unsichtbare Zweite

Für Matteo, Tommaso und Nathan,
denen dieses Buch (hoffentlich)
eines Tages unverständlich sein wird.

VORREDE

WEGEN GELEGENTLICHER TECHNISCHER SCHWIERIG-
KEITEN, Krankheiten, Reisen, familiärer Probleme
und anderer banaler Umstände ist es verständlicherweise im Lauf der langen Zusammenarbeit unter dem
Zweiernamen Fruttero & Lucentini hin und wieder
vorgekommen, daß ein kleinerer Text mit beiden
Nachnamen unterzeichnet wurde, obwohl er in Wirklichkeit nur von einem von uns stammte. Das sind so
kleine praktische Schummeleien, die das Leben ver-
einfachen und die unsere Leser uns nachträglich verzeihen mögen.

Aber im Sommer 1998, als wir wieder wie seit Jahren schon für »La Stampa« eine Reihe von sogenannten »Stranderzählungen« schreiben sollten, hielten wir
uns an weit auseinanderliegenden Orten auf, ohne die
Möglichkeit, uns gegenseitig zu beraten und zu korri-
gieren, wie es sonst unser *modus operandi* ist. Daher
habe ich, F., allein die Einweihungsschere des Abgeordneten Slucca erfunden, unseres *Onorevole*, also
»Ehrenwerten«, wie der italienische Titel für unsere
Politiker besagt, die Suaden seines Chefs Onorevole
Migliarini, das karierte Kostüm der Onorevole
Mimma Malvolio, die Fernsehkamera Laurettas der

Hyäne, usw. usw. Die ersten Episoden sind in »La Stampa« mit F.& L. unterzeichnet erschienen, aber inzwischen waren mir der Einfall und die Lust gekommen, daraus eine Art Mini-Saga zu entwickeln, die nach und nach mit noch unveröffentlichten Kapiteln, neuen Abenteuern, Figuren und Nebenpersonen die endgültige Gestalt des vorliegenden kleinen Romans angenommen hat.

Dieser erhebt natürlich keinen Anspruch auf Realismus und darf auch nicht als Schlüsselroman gelesen werden, dessen Interpretation den Klatschmäulern Nahrung geben würde, aber er betrifft doch unsere Politikerkaste, ein Phänomen, von dem L. (der keine Zeitungen liest, keinen Fernseher besitzt, lange Zeiträume im Ausland verbringt) nicht die geringste Ahnung hat. Ich habe es daher für richtig gehalten, allein für das Buch zu zeichnen oder, besser gesagt, die Verantwortung dafür ganz auf mich zu nehmen, um einem Unschuldigen die Vorwürfe, Ressentiments, Polemiken zu ersparen, die unweigerlich auf die Veröffentlichung folgen werden.

Diesen zuvorkommend, möchte ich jedoch deutlich sagen, daß *Der unsichtbare Zweite* keine Satire ist; nie hatte ich beim Schreiben die großen Meister des Spotts und der moralischen Geißelung vor Augen. Wenn ich mir eine Stimme nahe fühlte, dann war es die unseres Lausbuben Pinocchio, und Onorevole Slucca, Onorevole Migliarini, Onorevole Rava und Onorevole Fava, der alte Senator Portis, Dedé der Dialogator und all die anderen Schattenfiguren, die ich hier tanzen lasse, erwecken in mir, und hoffentlich auch im Leser, Gefühle belustigter Sympathie, gewiß nicht des Grimms oder der höhnischen Verachtung.

Nach langen Jahren der Beobachtung und des tristen Umgangs mit ihnen (allerdings nur im Fernsehen) habe ich mich nämlich in einer plötzlichen Eingebung gefragt, ob unsere Politiker nicht wenigstens einen prächtigen Erzählstoff für die »leichte Muse« abgeben könnten. Ich dachte dabei an den Club der Drohnen, diese Gruppe liebenswerter exzentrischer Helden, die Sir P. G. Wodehouse in seinen Romanen unsterblich gemacht hat; ich dachte an die geschlossene köstliche Welt kleiner Halunken, Schauspielerinnen, Buchmacher, Zuhälter und Betrüger, die Damon Runyon in seinen Erzählungen so wunderbar beschrieben hat. War es nicht einen Versuch wert, so etwas einmal in der kleinen Welt von Montecitorio und Umgebung durchzuspielen? Mit dieser abgehalfterten Insidersprache, die nur aus Andeutungen besteht, aus sprachlichen Versatzstücken, ballettartigen Vorstößen und Rückziehern, wo Wand auf Wand trifft, man sich an runde Tische setzt, wo kleine Öffnungen sich auftun und wieder schließen, mit dieser Sprache also, an der man nur ein bißchen zu drehen braucht, damit sie platzt und ihren wunderbar komischen Reichtum verspritzt?

Ich weiß nicht, ob mir das Unternehmen gelungen ist, aber jedenfalls waren es Zärtlichkeit, nicht Empörung, und Dankbarkeit, nicht Widerwille, die mich zu diesem Experiment bewogen haben.

C. F.

GOTT SEI DANK, SLUCCA

MEIN NAME IST SLUCCA, Onorevole Aldo Slucca, ich bin also meines Zeichens Abgeordneter, das heißt eines der vielen (sechshundertdreißig) Mitglieder des Parlaments der Italienischen Republik. Meine Partei ist klein, eine der vielen Splitterparteien, und ich bin unter Umständen und aus Gründen eingetreten, die, ehrlich gesagt, heute nicht einmal mehr mir selbst ganz verständlich sind. Ohnehin ist es ja in der Politik häufig so, jedenfalls meiner Meinung nach, daß sich die Zugehörigkeiten, Zusammenschlüsse, Spaltungen, Wiederannäherungen mit der Zeit vermischen wie Wellen, die einen fortgetragen und an irgendeinen Strand gespült haben. Wenn man sich umdreht, um auf sie zurückzuschauen, kommen sie einem alle gleich vor.

Ich möchte oder kann damit natürlich nicht die jedem Journalisten zugänglichen Tatsachen leugnen, also meinen Weg (von Karriere zu sprechen wäre wirklich übertrieben) von einer großen Partei zu einer mittelgroßen und dann zu einer ziemlich bunt zusammengewürfelten Gruppierung, die sich bald darauf in zwei Teile spaltete, aus deren einem hinwiederum meine gegenwärtige Partei hervorgegangen ist. Etappen, die mich viel Anstrengung und Leid und Tausende von Telephonaten gekostet haben, Hunderte von Treffen und verrauchten Versammlungen (ich selbst rauche nicht und hasse das passive Mitrauchen), im Dunkel der Nacht auf langen Alleen und in wie zufällig aufgesuchten Winkeln getroffene Absprachen, die am nächsten Tag wieder umgestoßen wurden. »Unser Standpunkt ist völlig klar«, ist ein Satz, den ich in vierzehn Jahren unzählige Male gesagt habe und habe sagen hören. Aber welche Standpunkte waren das eigentlich? Fragt mich etwas Leichteres!

Ich erinnere mich höchstens an gewisse immer wiederkehrende Formulierungen, vergleichbar dem Refrain eines alten Schlagers, den man halblaut im Badezimmer vor sich hin singt. An zwei Formulierungen vor allem: »Die wollen uns bloß wieder eins auswischen!« und: »Diesmal wischen wir denen eins aus!« Wer? Wem? Wieso? Wann? Fragen Sie das Professor Alzheimer. Und ich erinnere mich auch an einen Satz, der mich persönlich betrifft und der mich nach einem meiner Umzüge von einer Partei in eine andere noch wochenlang verfolgte. Dimassi, den ich eben verlassen hatte, kam in der Wandelhalle auf mich zu, legte mir den Arm um die Schultern und sagte mit seiner rauhen Baßstimme: »*Tu quoque*, Slucca!« Alle hörten und wiederholten daraufhin bei jeder möglichen und unmöglichen Gelegenheit dieses lahme geflügelte Wort, wie es eben in unseren Kreisen oder in der zweiten Grundschulklasse üblich ist. Es wurde fast ein Spitzname. »Na, wie geht's dir denn so, *Tuquoque*?« oder »Komm, *Tuquoque*, ich lade dich zu einem Kaffee ein.«

Dann, wie der Lauf der Dinge ist, starb die Sache von selbst, der Witz hatte ausgedient.

Nur dieses eine Mal war es mir beschieden, nicht ganz so »unsichtbar« zu sein, wie Onorevole Migliarini das nennt, der mir dauernd diesen meinen Mangel vorwirft. »Slucca, du mußt dich mehr zur Schau stellen!« Als wäre das leicht, da er doch immer vor mir steht und aller Augen auf sich zieht. Er ist ein Freund, ein alter Schulkamerad aus dem Gymnasium (deswegen redet er mich immer noch mit Nachnamen an), und ein wahrer Fuchs von Politiker, dem ich, wohlgemerkt, alles verdanke. Er war vor ein paar Jahren vier Monate lang in einer Übergangsregierung Minister, zweimal Staatssekretär und in sechs oder sieben Ausschüssen aller Art stellvertretender Vorsitzender. Ich bin ihm stets treu in all seinen »völlig klaren« Standpunkten gefolgt, habe immer für das gestimmt, wofür er entschieden hat, habe im Parlament (wenige Male) immer das Wort seinen Instruktionen entsprechend ergriffen. Wenn er beim Hineingehen oder Herauskommen vor dem Montecitorio interviewt wird, bin ich fast jedesmal an seiner Seite. Aber es endet meist so, daß die Fernsehkameras von mir höchstens ein Stück Schulter, ein Ohr, den halben Nacken erfassen. Es lebe die Fähigkeit, sich zur Schau zu stellen.

Eigentlich war ich damit aber ganz zufrieden, doch letztes Jahr setzte er es sich in den Kopf, mich sozusagen zum Einweiher der Partei zu ernennen. Das will heißen, daß man, wenn in einer kleinen Gemeinde in Apulien oder auf Sardinien ein seit acht Jahren geschlossenes Schwimmbad wieder in Betrieb genommen wird, mir die Schere in die Hand drücken wird. »Geh du, Slucca, laß dich ein bißchen sehen im Territorium.« Oder eine (vor sechs Jahren) eingestürzte Brücke über ein Flüßchen im Piemont ist wieder begehbar. »Präsenz, Präsenz, die Partei muß Präsenz beweisen! Schicken wir Slucca.« Und so weiter und so weiter, immer mit meiner Schere – von einer Ausstellung des Kinderwagens im Wandel der Zeiten zu einem Straßenfest des gemischten Salats. Daher bin ich ständig auf Reisen, und das bedeutet in Italien keine geringe Anstrengung. Liegengebliebene oder entgleiste Züge, Streiks, verpaßte Anschlüsse, das Übliche. Mindestens ein halbes dutzendmal ist es mir passiert, daß ich zu spät zum Banddurchschneiden gekommen bin, und der Tag der Sonnenblume oder der traditionelle Palio der Eidechsen oder weiß der Kuckuck, was es war, mußte ohne mich anfangen. Und unser Image ist wieder einmal in Scherben gegangen, meint Migliarini.

Ich habe es so oft nennen hören, dieses Image, daß ich es mir inzwischen als eine schwankende Flasche auf einem Tablett vorstelle, das ein angetrunkener Kellner auf einer Hand durch ein überfülltes Lokal balanciert. Vorsicht, gleich kippt das Ding. Und in der Tat, es klirrt, schwankt, neigt sich und – krach, zerbirst es auf dem Fußboden in tausend Stücke. Sokratischer Einwand meinerseits: »Aber wieso soll ich plötzlich ein Image haben, wenn du doch sagst, ich sei praktisch unsichtbar?« Barsche Erwiderung Migliarinis: »Es handelt sich nicht um dich, Slucca, es handelt sich um die Partei – und letzten Endes um das ganze Parlament. Du wirst doch einsehen: ein Parlamentarier, der eintrifft, wenn die Eidechsen schon wieder in ihre Schachteln gesteckt worden sind, blamiert den ganzen Politikerstand, der Gap wird breiter.«

Der Gap, das ist auch so eine fixe Idee. Den Gap stelle ich mir vor wie in einem Zeichentrickfilm: Die Wände einer schmalen Felskluft rücken langsam auseinander, und ich, Slucca Duck, stehe da oben, ein Bein hüben, ein Bein drüben, und versuche einen Spagat, aber es hilft nichts, der Gap wird breiter, klafft unter mir, auf der einen Seite die politische Klasse, auf der anderen die bürgerliche Gesellschaft, die immer weiter davonrutscht, immer gleichgültiger wird, ein wahrer Jammer.

Schüchterne Rechtfertigung meinerseits: »Aber hör doch, ein paar Kilometer vor unserem Zug hatte ein Güterwagen ein Rad verloren, wir haben drei Stunden auf offener Strecke gestanden, was hätte ich denn tun sollen?« Niederschmetternde Erwiderung Migliarinis: »Du hättest dir Gehör verschaffen müssen, deine Autorität geltend machen müssen, massive Unterstützung auf höchster Ebene anfordern müssen. Du warst schließlich nicht auf einer Vergnügungsreise, Slucca, du warst ein offizieller Vertreter des Volkes in voller Ausübung seiner Funktion!« Unausgesprochene Entgegnung meinerseits: »Aha, ich hätte mir wohl von den Karabinieri ein Fahrrad leihen und auf der Suche nach einem Taxi durch die Kornblumen kurven sollen?«

Die Leute meinen, daß wir Abgeordneten nicht nur ein maßlos hohes Gehalt einstecken, dazu noch

15

Sitzungsgelder, Spesen, Friseurrabatte, märchenhafte Renten, sondern auch und vor allem sensationelle Privilegien genießen, um großspurig über alle Kümmernisse hinwegschreiten zu können, die dem normalen Staatsbürger ständig zusetzen. Wir brauchen nicht Schlange zu stehen, keine zermürbenden Wartereien am Flughafen zu erdulden, für uns gelten keine Verbotstafeln, vor uns werden keine Türen zugeknallt, und wir werden nicht in Krankenhäuser eingeliefert, in denen sie die Sauerstoffflasche nicht finden, während du verzweifelt nach Atem ringst. Du ziehst einfach deinen Parlamentarierausweis aus der Tasche, und schon wird der rote Teppich vor dir ausgerollt, du wirst an dein Ziel eskortiert, bitte schön, Onorevole, nehmen Sie doch in unserem nach Maiglöckchen duftenden Sonderabteil Platz, dürfen wir Ihnen einen Kamillentee servieren oder lieber einen norwegischen Wodka?

Ach, wäre es doch so! Geich vorweg gesagt: Ich habe weder einen dunkelblauen Dienstwagen noch einen Chauffeur, geschweige denn eine Eskorte. In längst vergangenen Zeiten, als die Situation im Land noch etwas brenzliger war als normalerweise, habe ich Migliarini gegenüber diesbezüglich einmal etwas anzudeuten versucht. Ich habe gewiß nichts Großartiges verlangt, mir schien nur, daß ich einen gewissen Schutz verdiente. »Mach dir keine Sorgen, Slucca, du riskierst nichts, auf dich hat's doch niemand abgesehen, wer sollte denn ausgerechnet dich entführen, da lachen ja die Hühner«, sagte Migliarini fröhlich, während er in seinen kugelsicheren Schlitten stieg. Das war selbstverständlich richtig, Mafiosi und Terroristen hatten noch nie ein Interesse an mir und meinem Fiat Tipo, den ich nach Migliarinis Rat in Dunkelblau gewählt habe (»Das sieht mehr nach Regierung aus, verstehst du, Slucca?«), obwohl mir Metallic-Rot besser gefallen hätte.

Jetzt habe ich schon seit ein paar Jährchen einen ebenfalls dunkelblauen Croma TD, den ich höchstpersönlich steuere; mit dem Ergebnis, daß die Verkehrspolizisten des Ortes, wo man mich erwartet, mich in schöner Regelmäßigkeit für meinen Chauffeur halten, den Kopf zum Fenster hereinstecken und fragen, wo denn der Onorevole sei. So bin ich vorgestern zum Flughafen Leonardo da Vinci losgefahren, ich sollte das Flugzeug nach Pescara um 19.20 Uhr nehmen. Eine schlechte Tageszeit, stockender, selten fließender Verkehr, was heißt, daß du einen Kilometer lang dreißig in der Stunde fährst, dann drei Minuten stehst, mit zwanzig in der Stunde weiterfährst, dann alles wieder von vorn. Selbstverständlich hatte ich das vorausgesehen und war frühzeitig aufgebrochen, auch im Hinblick auf den Wetterdienst, der gewittrige Niederschläge über Mittelitalien einschließlich Rom angekündigt hatte.

Und kaum bin ich aus Rom heraus, fängt es auch schon an zu regnen, und der Verkehr geht von stockend in zentimeterweise und schließlich ins Katatonische über. Ich klebe auf der Überholspur (für Regenwürmer, ja!) und sehe durch die Windschutzscheibe den Renault, Farbe Champagne, vor mir, an dem ein Wasserfall herunterläuft wie an meinem Wagen. Rechts von mir andere Regenwürmer mit eingeschalteten Scheinwerfern, gedrosseltem Motor, regungslos. Unser Standpunkt ist völlig klar: wir stehen. Eine Weile warte ich geduldig. Wenn man in der Politik eines lernt, dann Denkpausen zu machen. Zunächst sehe ich nicht auf die Uhr, dann tue ich es doch. Wir stehen seit zehn Minuten. Ich male mir aus, daß ich meinen Flug verpasse, daß ich *Sinnliche Mystik und mystische Sinnlichkeit* verpasse, einen Rezitationsabend von D'Annunzio-Gedichten, veranstaltet von den Novizen eines Klosters in einem Bergdörfchen in den Abruzzen. Sie müssen mich in Pescara abholen und dort hinaufbringen, die Novizen fangen pünktlich um 21 Uhr an. Soll ich Bescheid geben, daß ich vielleicht nicht komme? Aber das steht noch nicht fest, dramatisieren wir nichts. Ich gestatte mir noch eine Denkpause, und nach weiteren zehn Minuten setzt die Schlange sich in Bewegung. Wir schaffen nicht ganz hundert Meter und erstarren wieder zu Marmor. Ich sehe die Statue auf der Spur rechts neben mir ins Handy sprechen, nehme meines zur Hand und rufe Migliarini an. Nichts, sein Handy gibt keinen Ton von sich, und übrigens, was könnte er mir schon sagen? Daß ich auf einem Rastplatz halten soll, wohin er mir einen Hubschrauber schickt oder zwei Motorradfahrer, die mir die Fahrbahn freifegen? Das sind Phantasien, Slucca, politisch morbide Träumereien!

Es ist 18.20 Uhr, eine Stunde noch bis zum Abflug, aber wenn es so weitergeht, stürzt mein Image wieder einmal ab, das ist sicher. Autoschlangen sind etwas für Spielernaturen, und ich habe Glücksspielen noch nie etwas abgewinnen können. Die Kolonne rechts von mir setzt sich in Bewegung, und sofort raufe ich mir die Haare (die wenigen), klar, auf die Spur dort hätte ich setzen sollen, ich habe alles falsch gemacht, ich bin ein beschissener Verlierer; dann setzt sich meine in Bewegung, und meine Stimmung wechselt von Verzweiflung zu Triumph, was für eine geniale Intuition, was für eine vollkommene strategische Wahl, Slucca, du bist ein Sieger! Und dann von neuem ein Verlierer und wieder ein Sieger in diesem verfluchten Regengepladder, Rot, Schwarz, Hochstimmung, Tiefstimmung, bis meine Nerven im Eimer sind, ganz zu schweigen von der Kupplung meines Croma TD, Baujahr '92.

Dann ist mir, als hörte ich das Jaulen einer näher kommenden Sirene, ich kurble das Fenster herunter, und es ist wirklich eine, nein, zwei Sirenen, drei, vier, die sich zwischen den beiden festklebenden Kolonnen eine Schneise zu bahnen suchen. Notfall! Notfall! Kommen sie, um mich zu befreien? Ach, du bist kein Odysseus, Slucca, die Sirenen singen nicht für dich. Ich weiche, so weit es geht, nach links aus (»Mehr nach links, Slucca, wir müssen uns mehr links positionieren«, drängte Migliarini damals, als wir rechts im Zentrum oder vielleicht im Zentrum der Rechten standen), und genau das versuchen mühsam auch alle anderen auf meiner Spur, während die Autos der anderen Kolonne sich nach rechts hin positionieren (»Mehr nach rechts, Slucca, mehr nach rechts«, damals, als wir links im Zentrum oder im Zentrum der Linken standen, ach, heiliger Gott des Vergessens!).

Ganz langsam bildet sich die Schneise, und ich sehe diese ohrenbetäubenden, drohenden Vergewaltiger vorbeifahren, einen Alfa der Verkehrspolizei, einen Abschleppwagen, einen zweiten Alfa, einen Krankenwagen. Jetzt raus aus dem Auto, in den Regen hinaus, den Ausweis schwenken, massive Unterstützung verlangen, sich an den Trupp anhängen, das müßte ich nach Meinung Migliarinis jetzt tun. Unverfrorenheit, Slucca, in gewissen Situationen muß man Unverfrorenheit an den Tag legen! Ich habe nichts zum An-den-Tag-Legen, kurble das Fenster wieder rauf und sage mir: Gott sei Dank, es ist ein Unfall. Ja, das sage ich: Gott sei Dank. Und ich schäme mich dessen nicht. Mein Standpunkt in bezug auf Unfälle ist, wie ich dann später Migliarini vergeblich zu erklären versuchte, völlig klar, das sage ich hier, und ich bestehe darauf.

Wenn ich auf irgendeiner Straße in einem Stau stecke, bedeutet ein Unfall für mich ungeheure Erleichterung. Ein gewöhnlicher Megastau bringt dich einfach zur Verzweiflung, er kann endlos dauern, hat wer weiß wie viele Kilometer vor dir angefangen, setzt sich wer weiß wie viele Kilometer hinter dir fort, du weißt nicht, wie du da je wieder herauskommst, du weißt nicht, warum er sich gebildet hat, alles ist ohne Sinn und Verstand, ausweglos, du bist im Gesetz der großen Zahl versandet, zwanzigtausend deiner Todfeinde haben sich gleichzeitig mit dir auf die Straße begeben, es ist aussichtslos, es ist hoffnungslos.

Bei Engpässen durch Baustellen geht es mir schon ein bißchen besser, die Wut ist vergleichbar, das wird eine halbe Stunde dauern, vielleicht eine ganze, aber du weißt, daß der Trichter sich schließlich wieder öffnen wird, daß alles wieder zu fließen beginnt.

Jedoch das Ideale bleibt der Unfall: Er rechtfertigt nachträglich die Qual des Steckenbleibens, versöhnt dich mit der Welt. Ah, Gott sei Dank, es war ein Unfall, das war also der Grund. Ich habe nicht einfach nur so gelitten, grundlos, völlig ohne Sinn. Und so schlimm es auch sein mag, da vorn sind welche, die sich mit allen Kräften bemühen, umgestürzte Laster, ausgebrannte Autos, Tote, Verletzte aus dem Weg zu räumen. Es wird eine Weile dauern, aber schließlich wird man dich durchwinken. Gott sei Dank.

Und so ist es dann in der Tat gewesen, ich bin durch das Chaos von verbogenem Blech, abgesprungenen Rädern, Bahrenträgern und Helfern in ihren im Regen glänzenden orangenen Westen, patschnassen Polizisten, die den Verkehr mit großen Operngesten dirigierten, gefahren. Ich habe im Platzregen hinter den beschlagenen Scheiben wenig oder so gut wie nichts gesehen, und es schien mir nicht angebracht, anzuhalten, um nähere Informationen einzuholen, die sieht man ja in der Tagesschau, wenn sie einen interessieren. Und schließlich hatte ich ja meinen Flug, auch wenn inzwischen, um 19.09, die Aussicht, ihn noch zu erwischen, nicht mehr sehr groß war. Aber es blieb mir doch noch die Hoffnung, die den reisenden Italiener nie ganz verläßt, nämlich daß der Flug seinerseits Verspätung haben würde, natürlich nicht meinetwegen, aber aus anderen Gründen, wegen einer völlig anderen Verkettung von Hindernissen und Fehlleitungen. Fünzigmal von hundert Malen passiert das, aber dieses eine Mal nicht.

Ich habe um 19.31 geparkt, bin um 19.37 zum Check-in-Schalter gestürzt, und die junge Frau hat den Kopf geschüttelt, einen Blick auf den Bildschirm geworfen, nichts zu machen, das Flugzeug ist soeben gestartet, lebwohl *Mystische Sinnlichkeit*, dort oben bei den Novizen wird das Image vom Tablett krachen, kladderadoms! Ich habe versucht, sie anzurufen, aber zwischen uns lagen Berge und Niederschläge gewittriger Natur, und außerdem ist mein Handy ein von Migliarini abgelegtes altes Modell. Was konnte ich tun? Nach Pescara ging an dem Abend kein Zug mehr. Nach Bologna fliegen, nach Bari, einen Leihwagen nehmen, zum Rendezvous mit D'Annunzio rasen, eintreffen, wenn das Klostertor bereits verriegelt ist. Klopf, klopf! Wer ist da? Slucca, Ehrwürdige Mutter, Onorevole Aldo Slucca, der zu dieser sinnlichen Mystik gekommen ist. Ach so, ja, treten Sie doch ein, Onorevole, damit Sie wenigstens noch einen Blick auf die Mädchen werfen können.

Zu kompliziert, das lasse ich lieber. Und so bin ich im stockenden, ganz und gar nicht fließenden Verkehr nach Rom zurückgefahren, habe den Unfallort wiedergesehen, die Polizei, den Kranwagen (die Krankenwagen waren schon weg), die orangenen Westen der Leute vom Rettungsdienst. Ich leugne nicht, ihn verflucht zu haben, diesen Unfall, wie es jeder an meiner Stelle getan hätte. Ich wußte ja nicht, wie es passiert war, gefährliches Überholmanöver, Straßenglätte, Ohnmacht am Steuer, was weiß ich; und ich habe auch nicht an die eventuellen Opfer gedacht. Für mich blieb, gleich wessen Schuld es war, das Hauptmerkmal an diesem Unfall, daß ich seinetwegen den Flug Rom-Pescara verpaßt hatte und daß das Image meiner Wenigkeit, der Partei, des Parlaments, mal wieder zusammengekracht war.

Kurz nach 21 Uhr betrat ich dann das Restaurant, in dem Migliarini Stammgast ist, denn ich fand, ich könnte die Sache genausogut gleich hinter mich bringen. Er saß an seinem gewohnten Seitentisch vor einem mit Artischocken garnierten Schnitzel und kaute weiter, ohne mich anzusehen, während ich ihm den Hergang schilderte. Er forderte mich nicht auf, Platz zu nehmen, aber ich setzte mich trotzdem schräg an seinen Tisch. »Es hat geregnet, und dann war da dieser Unfall«, erklärte ich noch einmal. Er hat sein Fleisch geschnitten und gekaut. »Auch wenn ich versucht hätte, mit dem Auto hinzufahren, hätte ich es nicht mehr geschafft, es war zu spät.« Migliarini schwieg und spießte Artischockenviertel auf. Als der Teller leergeputzt war, seufzte er tief und sagte: »Schade, es war eine hochinteressante kulturelle Intitiative, wir hätten wirklich dabeisein müssen.« Kühl. Nachdenklich, aber sehr kühl. In Wirklichkeit stinkwütend, über alle Maßen wütend. »Ganz sicher war auch der Bischof da, und in diesem Augenblick, das weißt du, Slucca, ist der Standpunkt der Bischöfe ...«

In dem Augenblick stürmte ein TV-Kommando ins Lokal. Vorneweg eine regennasse junge Frau, dahinter drei Kameraleute und Assistenten oder ähnliches. Migliarini erhob sich halb, schwenkte den Arm zum Gruß, aber sie beachteten ihn gar nicht, sie suchten offenbar jemand anderen, vielleicht einen Kollegen.

»Hei, Lauretta«, rief Migliarini.

Diese Lauretta drehte sich um und preschte mit drei mächtigen Schritten an unseren Tisch. Migliarini korrigierte schnell den Sitz seiner Krawatte.

»Falls du wegen der billigen Andeutungen von Percivalle über das gemeinsame Communiqué von heute vormittag hier bist ...«

»Nein, nein, Schätzchen, ich will nicht zu dir, ich suche einen deiner Leute, oder jedenfalls einen, der noch vor zwei oder drei Spaltungen zu dir gehört hat, vielleicht kannst du mir ja sagen, wo er aufzustöbern ist.«

»Um wen geht es denn?«

»Slucca. Aldo Slucca.«

Mit der Gebärde eines unfehlbaren Taschenspielers zeigte Migliarini auf mich. »Da sitzt er, und er gehört, wohlgemerkt, immer noch zu mir.«

»Verzeihen Sie, Onorevole, von hinten habe ich Sie gar nicht erkannt«, sagt diese keuchende Lauretta, die mich aus keiner Perspektive erkannt hätte. Mich, Slucca Halbernacken. »Es ist wegen dieses Flugs Rom-Pescara.«

»Davon haben wir gerade gesprochen«, bestätigt Migliarini, der sich nie überrumpeln läßt.

»Ach ja, eben«, meint Lauretta ehrerbietig. »Wir hätten gern ganz frisch Ihre Eindrücke, nach dem, was passiert ist, Onorevole.«

»Wieso? Was ist denn passiert?«

Migliarini guckt mit feinem Lächeln ins Leere. Auch er weiß nicht, was passiert ist, aber ihm liegt daran, immer so auszusehen, als wäre er längst über alles informiert.

»Das wissen Sie nicht?« fragt Lauretta, und ihre Stimme erstirbt zu einem Hauch. »Das Flugzeug ist in ein furchtbares Gewitter gekommen und über einem Berg abgestürzt.«

Ich brauche weniger als eine Tausendstelsekunde, um zu begreifen, aber Migliarini hat schon die *pole position* übernommen.

»Und du hättest da mitfliegen sollen«, sagt er geistesgegenwärtig, hochdramatisch. »Slucca, denk doch!«

Inzwischen hat sich das Kommando um unseren Tisch herum aufgestellt, sie hantieren an der Fernsehkamera herum. Mir zittern die Beine. »Aber hat man es gefunden?« frage ich. »Gibt es Überlebende?«

»Die Absturzstelle ist bekannt. Die ersten Rettungsmannschaften sind unterwegs, aber es gibt wenig Hoffnung, die Maschine ist beim Aufprall explodiert.«

»Dann sind alle tot«, erklärt Migliarini feierlich. »Wie viele waren es?«

»Mit dem Bordpersonal achtzehn Personen.«

»Und die neunzehnte sitzt hier«, verkündet Migliarini gerührt und drückt mir das Handgelenk.

Innerlich frohlockt er, er sieht das nochmalige Kippen des Image vor sich, und das bedeutet genau das Gegenteil des gekippten Image. Beim nochmaligen Kippen regnet es Blumen, Bonbons, Handküsse von seiten federgeschmückter schöner Brasilianerinnen, wie beim Karneval von Rio.

»Wir sprechen hier mit Onorevole Aldo Slucca«, teilt Lauretta nun ernst den Fernsehzuschauern mit, »der ebenfalls einen Flug gebucht hatte und auf der Passagierliste stand, aber im letzten Augenblick nicht in das Unglücksflugzeug gestiegen ist.«

Sie senkt ihre Stimme noch mehr, so daß sie jetzt mindestens zwei Grabkränze und vier Kerzen enthält. »Onorevole, was ist das für ein Gefühl, gewissermaßen um ein Haar der Katastrophe entronnen zu sein?« Sie hält mir das Mikrophon unter die Nase.

»Es ist ein Wunder«, flüstert mir mein Banknachbar Migliarini ein und rückt auf Schulterschluß zu mir auf. Sich als jemand, dem ein Wunder geschehen ist, zur Schau stellen zu können, davon hat nicht einmal er bis jetzt geträumt. Wer weiß, wie neidisch er auf Slucca Knüller ist. Unwillkürlich muß ich lächeln, und er bemerkt es.

»Er steht noch unter Schock«, erklärt er.

Die junge Frau bedeutet ihm, von mir wegzurükken, sie wollen den einzigen Überlebenden allein im Bild haben.

»Sie stehen noch unter Schock, Onorevole«, hebt Lauretta wieder an, Stimme einer Tochter am Sterbebett des geliebten Papachens. »Und wir verstehen natürlich, daß dieses tragische Ereignis für jemand, der sich gewissermaßen als mitbetroffen betrachten muß, gefühlsmäßig nicht sofort verarbeitet werden kann ... Aber können Sie uns sagen, wie es kam, daß Sie nicht in dieses Flugzeug gestiegen sind?«

Das ist der eigentliche Knüller. Nicht um mich geht es, sondern um das Schicksal, um das auf frischer Tat

ertappte Schicksal. Ich gestatte mir eine kurze Denkpause und stottere dann: »Na ja, es war ein Zufall, ich
bin zu spät am Flughafen angekommen und ...«

»Hatten Sie denn keine Vorahnung?« drängt die
New-Age-Knüllerlady. »Ich meine, irgendein unbe-
wußtes Warnzeichen, das Sie gewissermaßen aufgehalten, das gewissermaßen Ihre Verspätung gefördert
hat?«

»Eigentlich nicht, ich glaube nicht. Aufgehalten hat
mich ein unmöglicher Stau auf der Zubringerstraße,
danach noch einer auf der Autobahn Rom-Civitavec-
chia, weil da ein Unfall den Verkehr völlig blockierte.
Und daher ...«

Diese rasenden Fernsehreporterinnen sind immer
etwas außer Puste, aber dieser hier bleibt die Luft jetzt
definitiv weg. »Ein Unfall?« haucht sie bei Atemstill-
stand.

»Ja, ich weiß nicht genau, man konnte fast nichts
sehen. Ein Auffahrunfall, nehme ich an.«

»Um wieviel Uhr ist das passiert, können Sie sich
daran erinnern?« fragt sie mit einem gewissermaßen
raubkatzenhaften Glimmen in den Augen.

»Ich weiß nicht, zwischen sechs und sieben, glaube
ich.«

»Und dieser Unfall war der Grund, daß Sie Ihren
Flug verpaßt haben, Onorevole?«

»Ja, genau. Gott sei Dank war da dieser Unfall.«

Stille vor dem Sprung. Migliarinis Schulter rückt
deutlich von mir ab. »Sich distanzieren, Slucca, sich
distanzieren.«

»Gott sei Dank?« faucht die Tigerin.

»Na ja, gewissermaßen, denn sonst ...«

Die Tigerin schlägt ihre Reißzähne in meine Gurgel. »Wir haben gerade eben über diesen Unfall berichtet. Wir kommen direkt von dort. Wissen Sie denn, Onorevole, daß bei diesem Unfall, der Ihnen gewissermaßen das Leben gerettet hat, eine Großmutter aus Civitavecchia und ihr elfjähriges Enkeltöchterchen ums Leben gekommen sind?«

»Oh, mein Gott ...«, sage ich, ehrlich erschüttert. »Wenn man so daran vorbeifährt, wenn die Sicht so schlecht ist ...«

»Zwei Leben gegen Ihres, Onorevole. Sagen Sie immer noch Gott sei Dank?«

Ich habe mich bei der da in der Art geirrt: Die gehört nicht zu den Raubkatzen, die gehört zu den Reptilien, und jetzt will sie mich erwürgen.

»Nein, nein, um Gottes willen«, protestiere ich halb erstickt, »ich habe Gott sei Dank gesagt, weil ich meinte, daß ...«

Ich spüre Migliarinis Schulter, die voller Autorität wieder mit meiner Kontakt aufnimmt.

»Laura, Onorevole Slucca steht deutlich unter Schock. Dieses Interview kann nicht gesendet werden, das ist Verletzung der Privatsphäre.«

Die Schlange hat jetzt das Grinsen einer Hyäne. »Gott sei Dank, Gott sei Dank«, zischt sie.

»Laura, was du da treibst, ist entschieden eine Instrumentalisierung von Worten, die in einer äußerst delikaten mentalen und psychologischen Situation ausgesprochen wurden, und du hast kein Recht ...«

Sie schlägt mit einer Hand auf die Fernsehkamera.

»Und das Recht auf Information? Ich mache nur meine Arbeit, wenn du nichts dagegen hast.«

»Du verfälschst und verzerrst eine Erklärung, die du gestohlen, ja mit Gewalt geraubt hast, unter Umständen, die ...«

Er war außer sich, seine dicken, auberginenförmigen Hängebacken zitterten vor Empörung. Schon sah er die Schlagzeilen vor sich: *Unglaublicher Zynismus des Onorevole Slucca*, oder wahlweise: *Abgeordneter frohlockt über das tragische Ende einer Großmutter und eines kleinen Mädchens*. So im Rampenlicht zu stehen war ein Alptraum. Die Reporterin gab ihren Leuten ein Zeichen, die Gerätschaften einzupacken, ohne uns noch eines Blickes zu würdigen.

Sie hatte das Interview in der Tasche, sie konnte gehen.

»Sieh dich vor, Maria Laura«, rief Migliarini, der auch Rechtsanwalt ist, ihr nach. »Wenn dieser Bericht gesendet wird, zeige ich dich an, wir erheben Klage!«

»Erhebe du nur, erhebe du nur, soviel du willst«, sagte die Ex-Lauretta achselzuckend. Und fort war sie.

Aber dann war es gar nicht nötig, etwas zu erheben, der Bericht über die Flugzeugkatastrophe nahm natürlich fast den ganzen Raum ein, und dem Unfall der Großmutter haben sie kaum eine Minute gewidmet. Die beiden Tragödien sind ohne Verbindung geblieben, von mir war nicht die Rede, ich war nicht zu sehen.

»Gott sei Dank«, war am Tag darauf Migliarinis Kommentar, »ein falsches Wort bei den Medien, und du bist auf immer erledigt.«

»Aber ich habe das doch im Sinn von Schicksal gemeint, ich hätte auch von Schicksal sprechen können«,
verteidigte ich mich.

»Laß bloß das Schicksal aus dem Spiel, ich bitte
dich! Was hast *du* denn mit dem Schicksal zu tun,
Slucca?«

Drei Tage danach schickte er mich, allerdings mit
dem Zug, nach Civitavecchia, um bei der Beerdigung
von Großmutter und Enkelin die Partei zu vertreten.
Aber es war nur das Lokalfernsehen da, und in der Reportage war nur die Hälfte meines Nackens zu sehen.

SLUCCAS DIALOGE

»WO LEBST DU EIGENTLICH, SLUCCA?« fährt mich
Migliarini manchmal an, er ist unbestritten der Chef
unserer kleinen, aber zweckdienlichen Reißver-
schlußpartei (d. h. runtergezogen sind wir eine Regie-
rungspartei, raufgezogen eine der Opposition). Es ist
natürlich eine rhetorische Frage, denn er weiß sehr
gut, wo ich, wörtlich genommen, lebe: Er selbst hat
mir ja diese Zweizimmerwohnung in Monteverde
Nuovo besorgt, die ich mit Onorevole Vasone teile,
der wie ich nicht aus Rom stammt. Wir haben das Fax
gemeinsam, das Telefon, den Computer, das Bad, die
kleine Küche, die rumänische, schwarzarbeitende
Putzfrau, und teilweise sogar unsere Parteivergangen-
heit; unsere politischen Wege haben sich nämlich einmal gekreuzt, und wir haben ungefähr eineinhalb
Jahre in derselben Formation gestritten, die dann auf-
gelöst wurde. Darauf ist Vasone zu Onorevole Cirelli
übergegangen, offiziell, weil er die Basiswerte dieser
Gruppe teilte, in Wirklichkeit aber, weil er es nicht
mehr ertragen konnte, für Migliarini als *ballon d'essai*
zu fungieren.
  Als *ballon d'essai* zu fungieren, als Versuchsballon
(die Wendung wurde vor einem Jahrhundert von un-

seren französischen Kollegen erfunden und ist vielleicht in Paris längst außer Gebrauch, aber bei uns wird sie in gewissen Abständen immer wieder modern, wie der Aperitif Suze und der Astrachankragen), das ist eine, gelinde gesagt, undankbare Aufgabe. Deinem Chef kommt ein kühner, entschieden innovativer Einfall, zum Beispiel die Fiat nach Palermo zu verlegen, dem ganzen kurdischen Volk die italienische Staatsbürgerschaft zu gewähren, aus Steuergründen jedem Fußgänger, der die öffentlichen Bürgersteige abnutzt, das Tragen eines Schrittzählers zu verordnen. Er, der Chef, ist sich im klaren darüber, daß der Vorschlag gewagt ist, daß er negative Reaktionen auslösen kann, und daher macht er ihn nicht direkt, sondern befiehlt einem seiner Leute, ihn vorzubringen, ihn ganz beiläufig und wie zufällig bei einer nicht allzu wichtigen Tagung zu erwähnen. Manchmal hebt der Ballon gar nicht vom Boden ab, andere Male wird er mit vorsichtigem Interesse begrüßt, mit dem Satz: »Darüber ließe sich diskutieren«, oder nachgerade, und das ist das höchste der Gefühle, mit der Einladung, »sich damit an einen runden Tisch zu setzen«. Aber meistens wird aufs heftigste in den Ballon hineingestochen, d. h., die anderen Politiker schreien sofort etwas von inpraktikablem Weg, von inakzeptabler Provokation, in anderen Worten: von Kackmist, mit dem man unsere Nationalparks düngen könnte. An diesem Punkt läßt der Chef durchblicken, daß er mit diesem Einfall nichts zu tun habe, daß es sich um jemanden an der *banlieue* seiner Entourage handelt, der sich da ganz eigenständig etwas ausgedacht hat.

Aber Vasone gefielen diese ständigen Nadelstiche überhaupt nicht. »Soll doch *er* der Ballon sein«, sagte er über Migliarini, »und ruhig so aufgeblasen, wie er will. Soll doch *er* den Blödsinn verantworten, den er mir in den Mund legen will.« Und so hat er uns verlassen, aber wir sind Freunde und Wohnungsgenossen geblieben. Jetzt ist er zweiter Sprecher von Onorevole Cirelli und als solcher damit beauftragt, die Dementis des ersten Sprechers zu dementieren. Eine delikate Aufgabe, gibt er als erster zu, aber immer noch besser, als, wie ich, ganz Italien rauf und runter zu pesen und Kinderhorte und Wochen des Straußenbratens zu eröffnen. Er bewegt sich praktisch nie aus Rom heraus, und die Kilometer von Monteverde Nuovo zum Montecitorio und zurück geht er zu Fuß und hält sich so in bester Form. »Das einzige Ergebnis, das ich in nächster Zukunft für dich sehe, Slucca«, sagt er mir voraus, »ist ein Bandscheibenvorfall. Du sitzt zuviel, im Auto, im Zug, im Flugzeug, du bist völlig unbeweglich, du bist steif, binnen kurzem wirst du dich an den Hauspflegedienst wenden müssen, um dir die Schuhe zubinden zu lassen.«

»Abgesehen davon, daß ich nur Mokassins trage«, erwidere ich. »Und während du hier in diesem Sumpf hockst, bewege ich mich im Territorium, ich beobachte, mache Entdeckungen, habe ständig Kontakt zur Bevölkerung, versuche, den Gap zu verringern, den Dialog zu beleben.«

So wenigstens stellte Migliarini es dar, als er mich in die Marken schickte, um die Wiederbepflanzung einer zugeschütteten Müllhalde dreiundzwanzig Kilometer vor Recanati einzuweihen. »Das ist ein bewegendes Ereignis, Slucca. Wo vorher nur ein Berg stinkender Abfälle war, werden ab morgen alle Pflanzen wachsen, die unser Dichter Giacomo Leopardi so geliebt hat, *in primis* der Ginster, und dann andere Ziersträucher, Rosen, Lavendel.«

»Aber gibt es da nicht noch giftige Ausdünstungen?«

»Das hoffe ich doch, Ausdünstungen müssen sein, die sind nötig, um den Qualitätssprung zu unterstreichen, den irreversiblen Schritt von der Fäulnis zur Gesundung. Es wird eine Zeremonie von hoher symbolischer Leuchtkraft sein.«

»Aber wenn mir plötzlich übel wird?«

»Fahr unbesorgt, Slucca, die vom Zivilschutz geben dir eine Atemmaske.«

Aber mit meinem Croma TD Baujahr '92 konnte ich ganz und gar nicht unbesorgt fahren. Er hat jetzt hundertachtzigtausend Kilometer drauf und fängt an, beunruhigende Zeichen der Auflösung, wenn nicht gar des Zusammenbruchs zu geben. Daher hielt ich es für klüger, Vasone zu bitten, mir seinen japanischen Geländewagen zu leihen, der in der Garage steht und den er nie benutzt. Er sagt, er habe ihn für seine Tochter gekauft, die sich jetzt jemanden zugelegt hat, nach Brüssel gezogen ist und nur Fahrrad fährt, weil der Typ eine Umweltverschmutzungsphobie hat.

»Nimm ihn ruhig«, sagt Vasone, »es ist gut, wenn jemand ihn ab und zu die Umwelt verschmutzen führt, Autos sind wie Hunde. Aber kannst du überhaupt einen Geländewagen fahren, Slucca?«

»Nein, aber ich sehe keinen Grund, überhaupt ins Gelände zu fahren. Wo ich hin muß, ist immer alles asphaltiert, ja, eine ganze Menge Asphalt habe ich schließlich persönlich eingeweiht: Autobahnauffahrten, Umgehungsstraßen, Kreisverkehrsplätze, wo unsere Jugend herumhängen kann.«

»Die Schlüssel sind in der Garage«, sagt Vasone. »Wann fährst du los?«

»Sie erwarten mich zum Abendessen, ich übernachte dort, und morgen früh bin ich ausgeschlafen und frisch für die Müllhalde.«

Vasone hielt sich Nase und Mund zu, als wäre Rom mit seinen Politikern ein Gewächshaus voller Kamelien. Ihn läßt der Gap völlig kalt. »Alles Quatsch«, ist seine Meinung dazu. »Die haben uns schließlich gewählt, also vertreten wir sie, und basta.« Ein Zyniker. Und in bezug auf den Dialog sagt er, es sei schon viel, wenn er es schaffe, einen mit sich selbst zu führen, so langweilig findet er seine Sprüche, geschweige denn die der anderen.

Sein Geländewagen ist schwarz, glänzend, wie frisch aus der Fabrik gekommen. Ich setze mich ans Steuer, und nach zehn Minuten habe ich mich schon daran gewöhnt. Gleich nach Rom halte ich zum Volltanken an einer Zapfsäule und nütze die Gelegenheit, den Dialog mit dem Tankwart zu suchen, einem brummigen Alten, der offenbar mit dem Gang seiner Geschäfte nicht zufrieden ist. »Diese Schweine«, wiederholt er dunkel, »diese Verbrecher.« Der Standpunkt unserer Partei zum Problem des Benzinpreises ist nicht besonders klar, vielleicht haben wir gar keinen, und daher versuche ich mit dieser improvisierten kleinen Meinungsforschung herauszufinden, ob er auf die Autofahrer, die Ölgesellschaften, die Straßenbanditen und Einbrecher, die Verkehrspolizei oder auf wen sonst sauer ist. »Diese gemeinen Arschlöcher, diese Blutsauger«, präzisiert er schließlich, »die massakrieren uns mit ihren Steuern.«

Ein stures Vorurteil, eine unbezwingbare altkörperschaftliche Sichtweise, bei der es sinnlos ist, in einen Dialog einzutreten. Ich gebe mich verständlicherweise nicht zu erkennen, fahre weiter und lasse den Gap, wie er ist. Nach einer Stunde halte ich an der letzten Raststätte vor meiner Autobahnausfahrt, um einen Kaffee zu trinken. Die Gaststätte ist eigentlich ein Minimarket mit dem üblichen Zwangsparcours zwischen Regalen mit Keksen, Spielzeug, Wurstwaren, Wein, Parfümerieflakons hindurch, aber auch hier scheinen die Geschäfte die Frau hinter der Theke nicht zu begeistern. »Wir leben jetzt zu dritt«, seufzt sie, als ich einen Dialog vom Zaun breche. »Ich, mein Mann und der Buchhalter.« Einen Augenblick lang bin ich sprachlos angesichts der Vorstellung dieses halb ländlichen *ménage à trois*, eigentlich ist die Frau nichts Besonderes, irgendwie sehe ich sie nicht in dieser Rolle. Aber sie klärt mich auf: »Die nehmen eine Steuer zurück und schenken dir dafür zwei andere, wie bei den Waschmitteltonnen. Aber wissen Sie, daß wir mehr als hundert Fälligkeitstermine im Jahr haben? Sogar der Buchhalter schafft es kaum, da durchzublicken. Nein, so kann es nicht weitergehen!«

Steuern, Steuern, Steuern, sie haben nichts anderes im Kopf. Es ist eine aprioristische Konfliktlage, die auch die Evidenz leugnet und damit Migliarinis berühmtes Paradox bestätigt: »Das Paradox, Slucca, besteht darin, daß sie selbst, wenn wir, einmal rein hypothetisch angenommen, die Steuern senken würden, es nicht glauben könnten. Sie sind auf alle Fälle überzeugt, daß die Steuern immer steigen, das ist ein Glaubenssatz. Und daher können wir sie ja gleich wirklich erhöhen, verstehst du?« Sein Rat ist völlig klar: »Mit der eingefleischten Irrationalität ist der Dialog nicht möglich. Sobald die Rede auf die Steuern kommt, eröffnen die das Feuer, gnadenlos, Slucca. Über diesen Punkt mußt du jeder direkten Auseinandersetzung ausweichen.«

Ich bin ausgewichen, setzte mich wieder ans Lenkrad, fuhr auf die Landstraße. Der Immobilist Vasone weiß ja nicht, was er verpaßt. Trotz der Erdrutsche, Überschwemmungen, Waldbrände und so weiter bleibt das Territorium wunderbar, der Dialog mit der Landschaft, mit der Natur steht uns immer offen.

Der Verkehr ist zum Glück spärlich. In einer Kurve, als ich zwischen zwei Hügeln hinunterfahre, sehe ich unten auf einem ausgefahrenen Feldweg einen weißen Kleintransporter zwischen den Olivenbäumen stehen. Unter lebhaftem Winken mit der Rechten läuft ein Mann auf mich zu (in der Linken hält er eine Sporttasche). Er erklärt mir, daß er aus der Kurve getragen wurde und gerade noch in diesen Feldweg einbiegen konnte, aber jetzt springe sein Lieferwagen nicht mehr an, ob ich ihn wohl ein Stück mitnehmen könne?

Er ist um die Vierzig, kräftig, trägt eine kurze,

ziemlich schmierige, aber einstmals anständige Leder-
jacke, Jeans, Polohemd, und er hat das Gesicht eines
Händlers, der auf Provinzmärkten herumzieht. Breites
Lächeln, geläufiges Mundwerk, schlauer Blick. Ich
sage ihm, er solle einsteigen, und er wirft seine Tasche
auf den Rücksitz und setzt sich neben mich.

»Sicherheitsgurt.«

»Ach, ja, Entschuldigung.«

Korrekt, höflich. Er stellt sich vor: Er ist Neapolitaner, heißt Mario Rossi. Er bemerkt meine versteckte
Überraschung, lächelt: »Wissen Sie, Herr Doktor, in
Neapel heißen nicht alle Domenico Esposito, auch bei
uns gibt es jede Menge Rossi und Bianchi.«

Witzig. Ich sage ihm, wer ich bin, und er tut nicht
so, als würde er mich kennen, als hätte er mich schon
gesehen oder meinen Namen gehört. Keine Schmei-
cheleien, aber er ist ganz begeistert von unserer Be-
gegnung. »Ein Abgeordneter, Mann! Und dazu noch
im Wagen eines anderen Abgeordneten!« Er reibt sich
die Hände, teilt mir mit, daß ich nicht der erste Parlamentarier in seinem Leben sei, er habe bereits einen
persönlichen Austausch mit einer meiner Kolleginnen
gehabt, Mimma Malvolio, ob ich sie kenne? Na und
ob, vor Jahren waren wir ja in derselben Partei, auch
wenn sie nach dem fünften (oder vielleicht dem sech-
sten) Kongreß auf eine andere Linie gegangen ist. »Ich
sag dir, auf was für eine Linie die geht!« brüllte damals
Migliarini, der manchmal zu etwas derben Anspielungen neigt. »Auf den Strich geht sie, Slucca, hier!« Und
er stampfte mit dem Fuß auf das Trottoir der Via del
Corso.

Mir fällt ein, daß es mit einem Geländewagen wie diesem doch ganz leicht wäre, zurückzufahren und seinen Lieferwagen abzuschleppen, aber er sagt, nein, er sei da unten gegen einen Olivenbaum geprallt, habe sich dabei auch ganz schön die Schulter gestoßen, und die Vorderräder seien blockiert, da müsse ein Kranwagen her. Aber der Abschleppdienst des Automobilklubs? Nein, da sei er nicht mehr Mitglied.

Wir kommen durch mehrere Ortschaften, von denen aus er telephonieren könnte, aber er sagt, falls es mir recht sei, wolle er lieber bis nach Macerata mitfahren, wo er einen Verwandten mit einer Autowerkstatt habe, der ihn umsonst abschleppen werde. Andernfalls müsse er es selbst bezahlen, der Kleintransporter gehöre der Firma. Aber wenn er der Firma gehöre, dann hätte doch die Firma daran denken müssen, in den Automobilklub einzutreten, nicht wahr? Rossi antwortet ausweichend, und ich ahne, daß etwas anderes dahintersteckt, der Verwandte in Macerata wird ihm einen Rabatt auf die Reparaturkosten geben oder etwas aufschlagen, um die Firma zu betrügen, irgend so ein Gemauschel eben. Die Firma, erklärt er mir, handelt mit Wasserhähnen, er reist mit einem Auto voller Wasserhähne. Und wie gehen die Geschäfte? Na ja, nicht so besonders, er und zwei Mitarbeiter bereisen das Territorium, aber das Leben ist schwer, an manchen Tagen läuft alles schief, und sie kriegen nicht einmal die Spesen herein.

Wir nähern uns den Steuern, und ich wechsle das Thema, frage ihn, wie er meine Kollegin Mimma Malvolio kennengelernt habe. Durch Zufall, sagt er, auf der Bank. Sie war in den Ferien in Finale Ligure, er auf der Durchreise, und da war dieser mißglückte Banküberfall, der Bankräuber hatte sich mit sechs Geiseln eingeschlossen und drohte mit einem Massaker. Und sie, die damals im zweiten Beratungsausschuß der Antigewaltkommission war, erbot sich, die Verhandlungen zu übernehmen. Eine mutige Frau, ein starker Charakter. Zunächst auf dem Platz vor der Bank, mit dem Megaphon, vor der halben Bevölkerung. Dann, als die Dinge sich in die Länge zogen, ging sie allein und unbewaffnet in die Bank hinein und brachte den Typen schließlich dazu, die Geiseln freizulassen und sich zu ergeben. Und auch eine Frau von Wort; soweit er wisse, habe sie alle Versprechen eingehalten, die sie dem Bankräuber gegeben habe, Strafminderung, einen Trainerposten in der Volleyballmannschaft der Strafanstalt, wöchentlich eine Ration Badeöl, als Zellengenossen einen sanftmütigen, melancholischen Strafgefangenen, der wegen einer Namensverwechslung eingebuchtet und seit drei Jahren dort vergessen worden war.

Während er unbefangen seinen Dialog führt, massiert sich der Wasserhahnvertreter immer wieder die linke Schulter. Wir könnten an einem Krankenhaus halten, schlage ich vor. Nein, nein, wer traue denen schon? Dann vielleicht an einer Apotheke. Nein, das sei doch nicht nötig wegen einer einfachen Prellung. Dafür wüßte er aber zu gern, was aus Mimma Malvolio dann geworden sei, was sie jetzt mache. Sie ist in einer Projektgruppe des Ministeriums für Chancengleichheit, informiere ich ihn, erst kürzlich hat sie einen Gesetzesentwurf vorgelegt, zur Einführung einer Zwangsquote von Frauen bei den Parksündern, die immer noch fast alle männlich sind. Eine inakzeptable Diskriminierung in einem zivilen Land. Das wird sie durchsetzen, sagt der Neapolitaner, das schafft die, ich habe sie da auf dem Platz vor der Bank in Finale in Aktion gesehen, die wird alle überzeugen. Das ist eine Frau mit Ausstrahlung. Ich sage ihrem Bewunderer lieber nicht, mit was für Ausstrahlungen Onorevole Migliarini Onorevole Mimma Malvolio assoziiert, die harmloseste darunter wäre noch ein Tropf mit dem Ebola-Virus.

In diesem Dialog begriffen, kurven wir ruhig drei Kilometer Hügel hinauf und hinunter, bis wir uns plötzlich einem quer über die Straße gestellten Polizeijeep gegenübersehen, dazu vier Karabinieri mit Maschinengewehren im Anschlag. Und ich habe noch kaum bremsen und anhalten können, als eine Frau, gekleidet wie eine Anthropologin am Amazonas und mit einer Baseballkappe auf den blonden Locken, in drei Sätzen zu meinem Wagenfenster springt und mit flehenden Blicken hineinspäht. »Du bist es, Slucca, Schätzchen!« ruft sie. »Gott sei Dank, daß du gekommen bist, die wollen mich hier nicht durchlassen!«

Sie zieht meinen Kopf heraus und küßt mich auf beide Backen.

»Erkläre doch du ihnen, daß ich nur meine Arbeit mache!«

Es ist die rasende Fernsehreporterin, die Wunderknüllerlady, die Tigerin des Gott sei Dank, Lauretta die Hyäne.

»Hilf du mir, Slucca, zeig ihnen, wer du bist.«

Alle, angefangen bei Migliarini, sprechen immer vom Primat der Politik, aber es ist ein Primat, das aus irgendeinem Grund nie bis zu mir durchkommt. Wie ich vorausgesehen habe, besteht der Karabiniere-hauptmann darauf, daß niemand durchgelassen wird, nicht einmal ich, Onorevole Aldo Slucca. Warum? So lautet der Befehl. Aber was für ein Befehl denn? Bis auf weiteres niemanden durchzulassen. Aber aus welchem Grund, was ist denn los? Er schüttelt den Kopf. Drogen? Waldbrand? Eine Entführung? Ein Blitz-besuch des Präsidenten der Republik? Es ist sinnlos. Er schweigt wie ein (englischer) Untersuchungsrichter.

Ich für mein Teil hätte mich ja darein gefügt, aber die Fernsehreporterin hat nicht mitgemacht. Was soll denn das, ein Parlamentarier fährt, wohin er will, auch er hat gewissermaßen seine Befehle zu befolgen, unaufschiebbare Pflichten auszuführen, nicht wahr, Slucca, du bist doch in einer delikaten Mission unterwegs? Ich habe sie über die Mission Müllhalde informiert, was, so in Worte gefaßt, recht hübsch und symbolisch klang, aber eigentlich nicht besonders delikat, und in der Tat blieb der Hauptmann völlig ungerührt. Aber gewissermaßen, hat die Hyäne wieder angefangen, handelt es sich doch immerhin um Giacomo Leopardi, nicht einmal dem Namen Leopardi wollen Sie Respekt zollen! Sie hat den Karabiniere gezwungen, das Kommando anzurufen, den Fall zu erklären, eine Sondererlaubnis, eine Derogation zu verlangen. Antwort vom Kommando: »Keinerlei Derogation.« Aber wenn doch ganz Italien, kreischte sie, gewissermaßen eine Derogation ist, alles und jedes wird doch mit Derogation gemacht, in Rom gibt es sogar die Kirche San Pietro in Derogatio! Der Hauptmann drehte sich auf dem Absatz um, und sie beugte sich, Schimpfwörter zischend, wieder zu meinem Wagenfenster; ich war die ganze Zeit über ruhig sitzen geblieben.

»Also, Slucca, was gedenkst du zu tun? Kehrst du um? Ergibst du dich diesem Wand gegen Wand?«

Ein wahres Wand gegen Wand habe ich in Italien selten gesehen, es ist immer eher Kaugummi gegen Crème Caramel, Gorgonzola gegen Mascarpone. Aber hier schien es mir doch recht ausweglos zu sein, der Dialog war nicht zu eröffnen.

»Und du, wie kommst du eigentlich hierher?« fragte ich sie, um die Polemik ein bißchen zu dämpfen.

»Ich muß eine Reportage machen«, sagt sie mürrisch. »Seit heute morgen um neun bin ich schon unterwegs, und jetzt, da siehst du's ...«

Plötzlich schmilzt ihre verdrießliche Miene zu einem engelhaften Lächeln, das wunderbar unter die Krone ihrer Goldlöckchen paßt. »Warte einen Augenblick, Slucca, Schätzchen.« Sie läuft davon, zu einem an der Straßenböschung geparkten Panda, wo einer ihrer weißen Träger steht. Sie reden kurz miteinander, sie läßt sich eine große Tasche herausreichen und kommt munter strahlend zu mir zurück. »Kannst du einen Geländewagen im Gelände fahren, Slucca?«

»Nein, den Wagen hat mir Vasone geliehen, und es ist ja sowieso nicht ...«

»Ah, der gehört Vasone! Gut! Sehr gut!« Gott weiß,

was zwischen denen gewesen ist, lassen wir das lieber auf sich beruhen. »Steig aus, Slucca, los, sei ein braver Junge!«

»Wie, steig aus?«

»Ich meine, mach den Fahrersitz frei, *ich* fahre.« Sie gab mir ein Küßchen auf die Nase.

»Los, auf jetzt, Slucca, sei doch nicht so zickig, in Sarajewo habe ich sogar einmal einen Panzer gefahren, laß mich machen, hab Vertrauen.«

Den Einladungen von Frauen (den wenigen) habe ich nie widerstehen können, und so überlasse ich ihr das Lenkrad, steige hinten ein und setze mich zu den beiden Sporttaschen, der des Neapolitaners und ihrer. Der Neapolitaner hat sich inzwischen die Jacke ausgezogen, völlig durchgeschwitzt klebt ihm das Polohemd am Leib. Auch seine Stirn hätte einen Scheibenwischer nötig.

»Ist das dein Taschenträger?« fragt sie.

»Er hatte einen kleinen Unfall, ich habe ihn ein Stück mitgenommen.«

»Marco Rossi«, sagt er, ihr die Hand reichend, »sehr angenehm.«

Sie sieht ihn einen Moment lang prüfend unter ihrer Kappe hervor an, dann dreht sie sich um, startet, legt den Gang ein, grüßt die Karabinieri mit erhobenem Mittelfinger, und schon kurven wir, hügelaufwärts, hügelabwärts, die Straße zurück, die wir gekommen sind.

»Wohin willst du denn?«

»Das wirst du gleich sehen.«

Ich sehe links von uns einen Feldweg, sehe die

Panzerfahrerin das Steuer herumwerfen, den Hang hinuntersausen, den gegenüberliegenden Hang wieder hinauffahren, den Grat entlanggrasen, wieder einen Hang hinunterbrausen, wieder einen hinauf, wobei sich der Allradantrieb in voller Aktion aufs Beeindruckendste bewährt. Am meisten erschrocken scheint der arme, von Sicherheitsgurt zu Sitz hin und her geschleuderte Rossi zu sein, der sich die Schulter massiert und protestiert: »Aber wohin fahren wir denn, da geht's doch wieder zurück, ich muß doch nach Macerata zu meinem Cousin, wir haben uns verfahren, das ist die falsche Richtung, Signorina, Signorina!«

Endlich hält sie oben auf einem Berg an, springt heraus, zieht ein Fernglas hervor, äugt nach allen Seiten, Marschall Rommel an der Spitze seiner Kolonne. Rossi schafft es gerade noch, sich umzudrehen, sich von mir seine Sporttasche reichen zu lassen, sie sich auf die Knie zu stellen, als der Feldmarschall auch schon in den Panzer zurückklettert und wieder Fahrt aufnimmt. Sturzflug zwischen den Weinbergen hinunter, steiniges Bachbett, Zickzack zwischen Olivenbäumen, ein Wäldchen, eine Ebene, ein Rapsfeld, schlammiger Teich, Klee, Stoppeln, eine kleine Schafherde. Wo zum Teufel sind wir?

»Ich will einfach nur die Aufstellung der Karabinieri umgehen«, sagt die Furchtlose am Lenkrad.

»Aber wozu, wohin willst du denn?«

»Meine Reportage machen.«

»Aber entschuldige mal, was ist das denn für eine Reportage?«

»Wenn ich dir das sage, fängst du doch bloß an zu wimmern.«

Jetzt verstehe ich: Das ist die klassische Flucht nach vorn, gegen die Migliarini sich immer kategorisch ausgesprochen hat. (»Besser die Flucht nach hinten, Slucca, das ist gar kein Vergleich. Im ersten Augenblick macht das vielleicht einen schlechten Eindruck, aber auf die Dauer zahlt es sich aus. Die Flucht nach vorn führt bloß zu Wand gegen Wand, aber dann unvermeidlich zu einem Schritt zurück, und das ist ganz schlecht für das Image. Aber wenn du ihn schon vorher gemacht hast, den Schritt zurück, ja, vorausblickend schon sechs oder sieben Schritte, dann bist du in der absolut besseren Position, alle kommen zu dir und beschwören dich, den Dialog wiederaufzunehmen, kapierst du, was ich meine, Slucca?«)

Ich habe es kapiert, aber anwenden kann ich es nicht, hier, mitten in diesem ständigen Auf und Ab durch das Gelände, wo man nicht mehr weiß, wo vorn und hinten ist.

»Aber Sie, Signorina«, fragt der Neapolitaner mit durch die Holperei gebrochener Stimme, »Signorina, wohin wollen Sie eigentlich?« Er scheint wirklich besorgt zu sein, nervös zieht er ein Stück weit den Reißverschluß seiner Sporttasche auf, schließt ihn wieder, zieht ihn von neuem auf, schließt ihn wieder.

»Faß mal in meine Tasche«, befiehlt ihm die Fahrerin, »nein, nicht in die da, tiefer, die Tasche da unten, an der Wade, ja, so ist's recht, zieh die Antenne raus, genau, prima, drück auf das rote Knöpfchen.«

Es ist ein batteriebetriebener Minifernseher, und

auf dem winzigen Bildschirm erscheinen unter Streifen und anderen Störungen zwei unscharfe Sänger mit Gitarre.

»Los, such, beweg dein Fingerchen, da, dreh an dem Rädchen.«

Der Ton ist schlecht, und ganz schlecht ist eine Reihe knisternder Werbespots zu sehen, eine Prämienspielshow, ein Interview mit einem Stadtrat wer weiß welcher Stadt, ein Crossradrennen.

»Müssen wir da hin?« fragt der Neapolitaner. »Das Rennen filmen?«

»Nein, beweg dein Fingerchen.«

Aber es ist nichts zu sehen, und die beiden eröffnen einen Dialog über das Fernsehen. Es gibt wenig Berichterstattung, sagt sie, Reportagen werden immer benachteiligt. Und die wenigen, brummt der andere, sind eine Schweinerei, nie wird berichtet, wie die Dinge sich wirklich abgespielt haben. Die Journalistin empört sich, sie berichtet in ihren Reportagen alles ganz genau, es ist nicht ihre Schuld, wenn man ihr in der Redaktion dann vieles wegschneidet. Es ist alles so unprofessionell, erwidert der Neapolitaner, die wichtigen Umstände fehlen immer, nie stimmen die Namen, die Tatsachen sind immer falsch oder so hingedreht, wie es euch gerade paßt. Tatsachen sind Tatsachen, wir zeigen sie den Zuschauern, das ist alles. Das habe ich schon gehört, lacht der andere verächtlich, aber ihr würdet ja selbst das Pferd da so aufmachen, daß es schließlich ein Kamel wird und alle das glauben.

Unbestreitbar war da ein Pferd, das auf einer kleinen Koppel das Gras abweidete, aber als ich wieder auf den Zwergbildschirm sah, war da ein Minisprecher der Fernsehnachrichten, die Stimme kam und ging, krächzte unter lauten Störungen. Man sah einen Krankenwagen in ein Krankenhaustor fahren. »Der Zustand des sechsundachtzigjährigen Rentners, der brutal ...« Brummen, Krächzen, dann: »... als zwei bewaffnete und maskierte Banditen in die Ba ...« Brummen, während man den Eingang einer Bank sah und einen Polizisten, der Kreise auf den Boden malte. Eine Frau krächzte etwas in ein Mikrophon und zeigte mit dem Finger auf eine Allee. »... die Polizei hat das Feuer auf den Wagen der Banditen eröffnet, der kurz darauf ...« Man sah einen halb zusammengedrückten Golf am eisernen Rolladen eines Geschäfts kleben und einen Polizisten, der seinen Finger in die (unsichtbaren) Einschußlöcher steckte. »... der getötete Bandit ist noch nicht identifiziert worden, der schwerverletzte Fahrer der Bande befindet sich jetzt ...« Sehr lange Tonstörung, während Miniaturen fröhlicher Hügel, Weinberge, Olivenhaine, Felder, Wäldchen vorüberzogen. »... der dritte Bandit konnte seine Spur ...« Krächzen. »... im ganzen Gebiet ist eine gigantische Verfolgungsjagd im Gange, die ...« Ausgedehntes Knistern, begleitet von ausgedehntem Fluchen des Neapolitaners.

Das war der Moment, als mir der erste Verdacht kam.

»Das wird doch nicht wegen dieses Überfalls sein, daß die Karabinieri uns angehalten haben? Die Gegend da sah doch ein bißchen aus wie hier, nicht?«

»Nein, Slucca, halt deine Phantasie im Zaum, das

waren Archivbilder, so etwas kommt dauernd vor, in der Redaktion wird eine piemontesische Landschaft gebraucht, du hast gerade keine zur Hand und nimmst eben eine toskanische, darauf achtet sowieso kein Schwein.«

»Aber dieser Überfall, wo ist der passiert?«

»Das habe ich nicht gehört, der Ton war schlecht.«

Der Zwergsprecher versprach weitere Nachrichten über die gigantische Verfolgungsjagd und ging dann zum Thema Rom über, wo ein Gipfeltreffen zur Vorbereitung des Gipfeltreffens am kommenden Mittwoch stattgefunden hat. Einen Augenblick lang war Migliarini zu sehen, aber ein Brummen schnitt ihm brutal das Wort ab. Ich schaute auf die Uhr, und trotz des Gerüttels hatte ich plötzlich das Problem Halbeins, wie der Zyniker Vasone das zu nennen pflegt, d.h., um diese Zeit kriege ich Hunger.

»Hier sind wir doch sozusagen auf freiem Feld«, sagte ich. »Könnten wir nicht ein Dorf oder so suchen, irgendein abgelegenes Lokal? Das ist eine Gegend, in der man sehr gut ißt.«

Sie antworten mir nicht einmal, die vorgebeugte junge Frau malträtiert weiter das Lenkrad, der Wasserhahnreisende klammert sich weiter an seinen Sitz und schwitzt immer mehr. Hang hinunter, Hang hinauf, Feldwege, Felder, immer so fort.

»Ich habe gesagt ...«

»Ruhig, Slucca, sei brav, bald sind wir draußen.«

»Wo draußen?«

»Der Kreis schließt sich, Slucca, und ich will euch da rausbringen.«

»Gut«, murmelt der Neapolitaner. »Ich verlasse mich auf Sie. Aber was für ein Kreis?«

Stille, bis der Sprecher sich unterbricht (er berichtete gerade von gewissen Streikbestätigungen) und ansetzt, die versprochenen weiteren Nachrichten zu liefern, beziehungsweise unter Tonstörungen zu stottern. »... der Fluchtwagen, ein Kleintransporter, ist gefund ...« Brummen. »... der gefesselte und geknebelte Wasserbauingenieur im Wageninnern, der ...« Krächzen. »... soll in einen Geländewagen gestiegen sein, der kurz darauf an einer Straßensperre in halsbrecherischer Flucht ...« Krächzen, dem der Neapolitaner mit einem furzähnlichen Geräusch mit dem Mund antwortet, während auf dem Bildschirm ein Fahndungsphoto im Briefmarkenformat erscheint, eine winzigkleine Zuchthäuslervisage.

»... der Ausbrecher ist ein äußerst gefährlicher Krimineller aus Neapel, mehrmals wegen Überfällen, versuchten Mordes, Nötigung, Zuhälterei und Menschenraub verurteilt ...«

»Jetzt reicht's!« schreit Rossi, und blitzschnell reißt er den Reißverschluß auf, faßt in die Sporttasche und zieht eine Fernsehkamera heraus.

»Tja«, sagt Lauretta, und mir ruft sie zu: »Er hat die Taschen verwechselt, Slucca, schnell! Nimm das Maschinengewehr aus seiner!«

Er flucht, versucht, ihr ins Lenkrad zu fallen, aber der Sicherheitsgurt behindert ihn, die schmerzende Schulter entlockt ihm weitere Flüche, das Mädchen erklärt ihm, falls er mit dem Scheiß nicht aufhöre, landeten wir alle nach mindestens dreifachem Überschlag da unten in der Schlucht. Eine Sekunde lang denke ich daran, daß der Geländewagen Vasone gehört und ich ihn ihm ersetzen muß, aber automatisch gehorche ich, greife in die andere, genau gleiche Sporttasche, und tatsächlich ist darin ein schweres hartes Etwas, und es ist kein dicker Wasserhahn, o nein, es ist ein kurzes MG, so ein Ding, wie man es in den Fernsehfilmen sieht, ich ziehe es heraus und will es dem Mädchen reichen, aber die brüllt, was machst du denn da für einen Quatsch, Slucca, halt es ihm an den Kopf, los! Als wäre das eine ganz natürliche Sache für einen, dessen Lieblingswaffe die Wasserpistole seiner Neffen ist.

»Aber ich bin gegen Gewalt!« schreie ich, wie ich noch nie geschrien habe, nicht einmal, als Onorevole Bazzecca mich öffentlich beschuldigt hat, durch meine Abwesenheit im Saal absichtlich eine entscheidende Maßnahme zur Förderung des Exports von italienischem Eis in China vereitelt zu haben.

»Mach doch nicht ausgerechnet jetzt auf Mahatma, Slucca!« schreit die junge Frau. »Denk lieber ans Schießen, eventuell!«

»Und wo muß ich eventuell draufdrücken, ich sehe hier gar nicht, wo ...«

An diesem Punkt fängt der Neapolitaner an zu zittern, hebt ungeschickt die Arme bis zum Wagendach hoch und brüllt ebenfalls: »Ist ja gut, ist ja gut, ich ergebe mich, der da ist imstande und macht mich aus Versehen kalt, drücken Sie nirgendwo drauf, Onorevole, um Gottes willen, ich ergebe mich!«

Mein Standpunkt ist nicht klar, ist schon eher als geistige Verwirrung zu bezeichnen. War dieser Mann

51

da nicht Mario – oder Marco – Rossi, Reisender in Wasserhähnen, den ich bis nach Macerata mitnehmen sollte?

»Du bist ja völlig blind, Slucca, guck doch auf den Bildschirm, wach auf!«

Auf dem Zwergbildschirm ist immer noch das Zuchthäuslergesichtchen des gefährlichen Ausbrechers zu sehen.

»Das ist er doch, siehst du das nicht?«

»Aber der ist ihm doch überhaupt nicht ähnlich!«

»Es ist ein altes Photo«, brummt der Flüchtige, immer noch mit mehr oder weniger erhobenen Händen.

Und außerdem ist das Bild verwischt, in Pünktchen zersetzt, und es wackelt bei jedem Stein.

»Also ich finde objektiv …«, fange ich an, aber das Mädchen hält mit einem Ruck den Wagen an, entreißt mir das Maschinengewehr, macht die Tür auf, springt hinaus und richtet durch das Fenster die Waffe auf den falschen Mauro (oder Marco) Rossi.

»*Ich* kann damit umgehen, ich übe jeden ersten Donnerstag im Monat auf dem Schießplatz«, kündigt sie kaltblütig an. »Und deshalb keine Mätzchen, kapiert?« Dann läßt sie sich von dem Gefangenen die verwechselte Tasche geben, die er auf den Knien hat, zieht ein Stativ heraus, stellt es in weniger als einer Minute auf, richtet Fernsehkamera und Maschinengewehr auf den Ausbrecher, und mir reicht sie ein Mikrophon mit gelben Waben. »Jetzt zeige ich dir mal, was ein professionelles Interview ist, Dedé. Und danach kannst du abhauen.«

»Dedé!« sage ich. »Heißt er denn so?«

»Klar, ich habe ihn auf den ersten Blick erkannt. Domenico Esposito, der Bandit der fünfunddreißig Stunden. Ich war auch vor der Bank in Finale Ligure.«

»Aber was haben denn diese fünfunddreißig Stunden mit ihm zu tun?« frage ich verdutzt.

»Das ist die offizielle Dauer der Verhandlungen mit Onorevole Mimma Malvolio. Sie geht in die Bank hinein, er leistet fünfunddreißig Stunden lang Widerstand, aber schließlich wird er weich, läßt die Geiseln laufen, ergibt sich.«

»Eine außergewöhnliche Frau«, sagt Esposito. »Diese fünfunddreißig Stunden werde ich nie vergessen.«

»Und von dem Tag an«, erklärt die Reporterin, »ist sein Spitzname eben Dedé der Dialogator. So, Dedé, jetzt schau direkt in die Kamera und erzähl uns deine Version der Tatsachen. Los, Slucca, halt ihm das Mikrophon hin!«

Dedé der Dialogator war einverstanden: Also erstens sei er gar kein Neapolitaner, sondern aus Casoria; und was die Zuhälterei angehe, du liebe Zeit, das sei doch bloß wieder die übliche Verleumdung der Journalisten; auch das mit seinem Ausbruch, du liebe Zeit, er sei Freigänger gewesen, nicht wegen guter, sondern lobenswerter Führung, kaum eine Stufe unter der exemplarischen; und in bezug auf den sechsundachtzigjährigen Rentner, den er bei dem Überfall brutal niedergeschlagen haben solle, das sei auch wieder so eine Verdrehung, wieder so eine Verleumdung, du liebe Zeit, das habe sich genau umgekehrt abgespielt, es sei der Rentner gewesen, der plötzlich auf dem

Fahrrad aus einer abschüssigen Gasse herausgeschossen sei, ohne nach rechts oder links zu sehen, und ihn, Dedé, der gerade aus der Bank geflüchtet sei, über den Haufen gefahren habe. Ergebnis: eine ausgerenkte Schulter.

Er redete und redete, aber auch die Briefmarke von Fernsehnachrichtensprecher redete und krächzte, sagte, daß der Geländewagen vermutlich in Rom einem bekannten Parlamentarier gestohlen worden sei, auch wenn die Karabinieri vorläufig die Vermutung nicht ausschließen könnten, daß der Parlamentarier vom Banditen als Geisel gefangengehalten werde oder daß er auf irgendeine Weise in den Raubüberfall verwickelt sei, vielleicht als unfreiwilliger Komplize bei der Flucht des dritten Banditen. In der Tat ...

Ich sah die Schlagzeilen der Zeitungen vor mir, vielmehr sah ich Migliarini, wie er las: *Dank Onorevole Slucca entkommt Bandit einer gigantischen Verfolgungsjagd; Der vierte Mann der Bande: Onorevole Slucca.*

Migliarini würde auf geradezu astronomische Distanz zu mir gehen, ich würde in einer Zelle mit zwei riesenhaften Vergewaltigern enden, und dort würden sie mich mindestens drei Jahre lang vergessen.

»Slucca, wach auf, es ist zu Ende!« rief das Mädchen.

»Das Interview?«

»Nein, die gigantische Verfolgungsjagd ist zu Ende.«

Ich sah hinaus. Wir waren auf einer von dichtem Gebüsch umstandenen Lichtung, und hinter jedem Busch war ein Mann der Spezialtruppe in Tarnanzug mit auf uns gerichtetem Maschinengewehr.

»Wie der Wald von Birnam in *Macbeth*!« bemerkte die Interviewerin fröhlich. Die Männer näherten sich uns Schritt für Schritt, sie hatten auch Hunde dabei, und über ihnen kreiste ein Hubschrauber.

»Ergebt euch!« rief einer herüber.

»Aber ich habe doch damit nichts zu tun!« schrie ich. »Ich mache da nicht mit, ich bin völlig unbeteiligt da hineingezogen word...!«

»Ergebt euch!«

»Ich leugne jede äußere oder innere Beteiligung an...«

»Slucca, kapier doch, man kann nicht mit einem Hubschrauber einen Dialog aufnehmen«, sagte das Mädchen und hob die Hände. »Los, Jungs, stellt euch nicht so an, kommt beide mit erhobenen Händen raus!«

»Aber solltest du uns nicht aus dem Kreis rausbringen?«

»Diesmal haben sie nicht mit der Kreis-Taktik operiert, sie haben die Strategie der Spirale angewandt. Los, steigt aus, Hände über dem Kopf verschränkt, wenn ihr euch nicht niedermähen lassen wollt!«

Esposito gehorchte sofort, ich habe noch einen Moment überlegt. Ich sah die Schlagzeilen vor mir: *Slucca-Macbeth in einem Wäldchen bei Leopardis Hügel des Unendlichen von Schüssen niedergestreckt; Slucca und Dillinger, zwei vergleichbare Schicksale.*

Dann bin ich ausgestiegen, habe mich ergeben, die Flucht nach vorn war zu Ende. Aber in den Fernsehnachrichten und in den Zeitungen ist eine völlig andere Geschichte herausgekommen. Der Held war

Onorevole Vasone, der mit einer linken Geraden den flüchtigen Banditen außer Gefecht gesetzt, ihn in seinen Geländewagen gezerrt, seine 45er Automatik auf ihn gerichtet und ihn genau in die Mitte des Kreises gefahren hatte, der von den Ordnungskräften vorbereitet worden war.

Die Expertin für diesen Fall war natürlich Mimma Malvolio, die in allen Fernsehkanälen über die Persönlichkeit Domenico Espositos und die fünfunddreißig Stunden, die sie mit ihm in Finale Ligure verbracht hatte, interviewt wurde. Die Reportage Laurettas der Hyäne (der armen Hyäne mit den Goldlöckchen) wurde in unglaublichem Maße benachteiligt, das heißt, sie wurde überhaupt nicht gesendet. Und von mir war nicht die Rede, mit keinem einzigen Wort. Der alte Dedé hatte schließlich doch recht: Die in den Medien sind einfach unprofessionell.

SIGNORA SLUCCA

»DIE PHILOSOPHIE SAGT UNS«, versicherte Onorevole Migliarini, das charismatische Oberhaupt unserer kleinen, aber hochethischen Partei (im Sinn der voluntaristischen Ethik, die sie dazu bewegt, anderen Parteien in Nöten beizuspringen), »und die Wissenschaft bestätigt uns, daß nichts auf dieser Welt erschaffen und nichts vernichtet wird. Aber du, Slucca, bist eine Ausnahme, ich kann dich vernichten, einfach so!« Und er schnippte mit seinen dicken Fingern, wobei er mich mit einem höchst jovialen Lächeln fixierte.

Das sind keine echten Drohungen, sie müssen in den Kontext unserer langjährigen Freundschaft gestellt und überdies im Licht des besonderen Humors von Migliarini gesehen werden, der zur Übertreibung neigt. Aber meine Exfrau Luciana hat diesen Humor leider immer negativ aufgenommen.

»Das sind doch Fußtritte ins Gesicht, die du da von morgens bis abends einsteckst, ohne auch nur im geringsten zu reagieren«, sagte sie mir wieder und wieder. »Du hast einfach keinen Stolz, keine Selbstachtung.«

»Aber was für Fußtritte, was für Selbstachtung denn. Wir zwei sind alte Freunde, wir können uns

57

alles sagen, wir brauchen kein Blatt vor den Mund zu nehmen.«

»Das einzige«, erwiderte sie, »das einzige, was bei dir ohne Blatt aus dem Mund kommt, ist die Zunge, um ihm die Schuhsohlen abzulecken.«

Eine gesuchte Metapher, völlig im Gegensatz zu den Tatsachen. Nie habe ich mich um Migliarinis Schuhe gekümmert, ja, gerade umgekehrt war es, er-innerte ich sie: Denn als ich ihn einmal bei einem Wolkenbruch besuchte, war er es, der mir ein Paar Schuhe lieh (sie waren mir etwas zu weit), weil meine voller Wasser waren. Aber gegen diese typischen Übertreibungen der Ehefrauen ist wenig zu machen.

»Immer bist du bei ihm, steckst mit ihm zusammen oder bist wegen dieser hirnrissigen Aufträge, die er dir verpaßt, unterwegs«, sagte sie. »Ich sehe dich kaum noch.«

»Aber das ist Demokratie, das ist meine Aufgabe als Volksvertreter«, legte ich ihr vernünftig dar. »Ver-suche, mich als Polizisten zu sehen, der den ganzen Tag draußen ist und sein Leben riskiert und abends, wenn er nach Hause kommt, erwarten darf, daß seine Frau ...«

»Du riskierst nicht dein Leben«, schnitt sie mir das Wort ab, »du riskierst bloß dauernd die beschissensten Blamagen und setzt dich prompt jedesmal in die Scheiße, das ist die Sachlage!«

Obwohl sie Lehrerin für Italienisch und Latein war (und noch ist), neigte sie immer öfter zu solchen Aus-rutschern, sie hatte sich nicht mehr unter Kontrolle, meine Beziehung zu Migliarini erschien ihr unter

einem verzerrten Blickwinkel. So ärgerte es sie zum
Beispiel, daß Migliarini mich mit meinem Nachna-
men anspricht, sie sah darin Gott weiß was für eine
Nuance verächtlicher Herablassung. »Als wärst du sein
Fahrer oder sein Gärtner«, sagte sie.

»Aber Migliarini hat mich bei den Klassenarbeiten
seine Übersetzung von Sueton abschreiben lassen, er
nennt mich in Erinnerung an die alten Zeiten Slucca,
das ist eine sentimentale Gewohnheit.«

Und sie: »Geh und lies nach, was Sueton über den
großen Empfindsamen Nero sagt.«

Migliarini gleich Nero? Ich mußte lachen, und sie
fing an, mich Slucca zu nennen, einfach, um das Problem am Leben zu erhalten. Und sie regte sich auch
maßlos darüber auf, daß Migliarini, der oft bei uns
zum Mittag- oder Abendessen zu Gast war, sie Lucianina nannte. »Was soll denn diese Initimität, Slucca,
nicht einmal du hast mich nach unserer Verlobungszeit
Lucianina genannt«, protestierte sie.

»Aber das tut er doch aus Zuneigung, er will dir damit signalisieren, daß er sich hier zu Hause fühlt, daß
er uns ein bißchen als seine Familie betrachtet.«

Migliarini ist verheiratet, aber seine Frau lebt mit
den beiden Kindern in Padua, wo sie zusammen mit
ihrer Schwester ein Antiquitätengeschäft betreibt.
Daher wohnt er allein in Rom in einem bequemen
Apartment zwei Schritte von Montecitorio entfernt.

Dann ist zwischen Luciana und ihm diese Affäre
der angeblichen sexuellen Belästigung ausgebrochen.
»Ausgeschlossen, das ist unmöglich, das bildest du dir
nur ein«, sagte ich. »Vergiß nicht, daß Migliarini in

dem zweiten, erweiterten Komitee war, das den Gesetzesentwurf gegen sexuelle Belästigung ausgearbeitet hat, und er war dabei am strengsten, am gründlichsten, er hat eine Novelle vorgelegt, um auch das anzügliche Lächeln einzuschließen, und sei es aus über fünf Meter Abstand von der Belästigten.«

»Das wundert mich gar nicht, er ist ja darin Experte, er hat *immer* ein anzügliches Lächeln, er trägt es mit seinem Schnurrbart, nein, unter dem Schnurrbart, um genau zu sein.«

»Sein Lächeln ist nicht anzüglich, es ist schlau, ironisch, zweideutig, vielleicht auch anspielend, wenn du willst, aber nicht ...«

»Anspielend allerdings, und es spielt immer auf dasselbe an. Aber wenn es nur das Lächeln wäre. Es sind die Hände, die ich nicht ertrage, dauernd dieses Kneifen, dieses Betatschen.«

»Das waren zufällige Berührungen.«

»Das sind absichtliche Grapschereien.«

»Oberflächliche, harmlose Kontakte.«

»Oder er nimmt mich liebevoll um die Taille, und sofort geht er dann weiter runter zum Tatschen und Kneten, der alte Handgreifling.«

»Du legst das ganz falsch aus! Er hat sicher keine Ahnung, daß man seine Gebärdensprache so mißverstehen kann.«

»Du bist hier der Ahnungslose.«

»Ich habe nie etwas bemerkt.«

»Du bemerkst nichts, weil du aus lauter Bequemlichkeit nichts bemerken willst, du prädestinierter Hahnrei.«

Wir standen uns mit roten Gesichtern gegenüber, aufgebracht und wütend, am Rande einer Ehekrise. Es mußte ein Schnitt gemacht werden. Hier war dringend etwas Abstand nötig.

»Beruhige dich doch, Luciana, treten wir mal einen Schritt zurück!«

»Fein, damit ich Migliarini in die ganz zufällig bereitgehaltenen Grapschhände laufe.«

Eine Zeitlang luden wir ihn dann mit verschiedenen Ausreden (ich war deswegen furchtbar verlegen) nicht mehr zu uns ein. Als er schließlich wiederkam, strich Luciana demonstrativ mit dem Gesäß die Wände entlang, um zu zeigen, wie sehr sie auf Distanz ging. Auch das ein Ausrutscher, der ihr zwei Röcke ruinierte.

Ein weiterer destabilisierender Faktor, der zu unserer Scheidung führte, war das Rauchen im Zusammenhang mit der stalinistischen (in Anführungszeichen) Wende Migliarinis. Alle drei waren wir damals starke Raucher, Migliarini zwei Päckchen am Tag, ich eins, Luciana so um die fünfzehn Zigaretten. Eines Tages wird Migliarini von einem ganz unbedeutenden Reporter gefragt, ob er eigentlich diesen Ermittlungsbescheid schon bekommen habe. Er hält das für einen schlechten Scherz. Doch dann verdichtet sich das Gerücht: überall Blicke, verhaltenes Lächeln. Er dementiert energisch. Das Gerücht geht weiter um, und er dementiert noch energischer und droht mit einer Anzeige gegen Unbekannt. Inzwischen hat er bei sieben Staatsanwälten diskrete Erkundigungen einziehen lassen, alle leugnen, je seinen Namen auf einer Ermittlungs-Liste gesehen zu haben. Darauf vertraut er den Journalisten an, er trauere (in Anführungszeichen) allmählich Stalin nach. Damals, in den dreißiger Jahren, während der großen Säuberungen, wurden beunruhigende Gerüchte über Personen wie Bucharin, Kamenev, Zinoviev und Genossen in Umlauf gesetzt. Die erschraken, versuchten mehr zu erfahren. Nichts, Monate um Monate ließ man sie bangen. Schließlich baten sie um eine Audienz bei Stalin, dem einzigen, der wirklich wußte, was vorging, und Stalin informierte sie mit äußerster Klarheit darüber, daß sie demnächst verhaftet und nach kurzem Prozeß erschossen werden würden. »Es scheint nichts«, sagte Migliarini, »aber wenigstens war dann Schluß mit der Folter der Ungewißheit, das war damals noch ein anderes Leben. Heutzutage geht es uns in Italien viel, viel schlechter, unter diesem Gesichtspunkt.«

Dann hat er tatsächlich den Ermittlungsbescheid bekommen, aber niemand wußte, aus welchem Grund. »Bei einem wie deinem Migliarini«, sagte Luciana, »hat man doch bloß die Qual der Wahl. «Eine verleumderische Einstellung.

»Was willst denn *du* über Migliarinis Angelegenheiten wissen«, protestierte ich.

»Und du, Slucca? Erzählt er *dir* vielleicht, was er wirklich so treibt?« In der Tat informierte er mich eigentlich nie über seine Schachzüge.

»Aber er ist ein Vollblutpolitiker, ein Schachspieler, warum sollte er über seine Züge ausgerechnet einen wie mich auf dem laufenden halten, der nicht einmal Lotto spielen kann?«

Er ist zum Richter gegangen, blieb dort fast acht Stunden, und als er herauskam (ich wartete hinter dem Gebäude auf ihn), zog er sofort die Zigaretten heraus und zündete sich eine an. »Da drinnen konnte man nicht«, erklärt er, »der Richter ist ein Prohibitionist.«

Ich frage ihn, wie es mit seinem Stalin gelaufen sei. »Gut«, sagt er und läßt sich mit einem tiefen Seufzer zu mir ins Auto plumpsen. »Er hat sich überzeugen lassen, daß ich nicht das geringste mit der Sache zu tun habe.«

»Mit welcher Sache?«

»Das ist meine Sache, Slucca«, sagt er, strengste Zurückhaltung wahrend, »Sachen, die dich nichts angehen. Aber ich bin ganz ruhig.«

Er zündet sich eine zweite Zigarette an (die erste hängt ihm aus dem Mundwinkel) und steckt sie sich ins Nasenloch. Ich weise ihn auf die Verdopplung hin. »Ein Signal«, sagt er darauf ganz gleichmütig, »eine deutliche Warnung.« Er wirft beide Zigaretten aus dem Wagenfenster, und von diesem Augenblick an hat er nicht mehr geraucht. Im Laufe weniger Tage brachte er auch mich dazu, damit aufzuhören, und meinerseits habe ich versucht, es Luciana auszureden. »Du vergiftest dich, und du vergiftest auch mich mit dem passiven Mitrauchen«, erklärte ich ihr.

»Wenn das doch reichen würde«, sagte sie und blies mir eine Wolke ins Gesicht.

Der Bruch lag in der Luft. Migliarini kam, und sie rauchte ihm immer mehr ins Gesicht, auch bei Tisch zwischen einem Gang und dem nächsten. Sie feuerte stärker, sie war schon bei fünfundzwanzig Zigaretten angelangt. Migliarini hustete (»Alles Gehabe, der tut bloß so«, grinste sie), er wedelte mit der Hand den Rauch weg, ich machte das Fenster auf, deutete sehr taktvoll an, daß man auch auf dem Balkon rauchen könne, wie das jetzt bei vielen Leuten Brauch ist. Eines Abends hat sich die Situation dann noch mehr verschlimmert, als er, ein bißchen provokativ, von einem Abänderungsantrag zu den EG-Bestimmungen für die Tabakindustrie erzählte. »Ich werde vorschlagen«, sagte er, »einen Totenkopf über die Aufschrift GEFÄHRDET DIE GESUNDHEIT zu setzen, ich habe das bereits mit verschiedenen Europaparlamentariern abgesprochen. Aber wir sind uns noch nicht ganz einig über das Logo: einfacher Totenkopf oder einer mit gekreuzten Knochen? Mich würde interessieren, wie deine Meinung dazu ist, Lucianina.«

Sie bläst ihn an wie ein feuerspeiender Drache, drückt ihre Kippe aus, steht auf und sagt: »Meine Meinung ist: Man müßte *dir* und deinesgleichen den Totenkopf auf die Stirn tätowieren und dazu die Aufschrift GEFÄHRDET DIE NATION. Kapiert?«

Soviel, um ohne Groll und mit absoluter Objektivität darzulegen, wie schwierig die Beziehungen von uns Politikern mit dem spezifischen Sektor der bürgerlichen Gesellschaft, den die Ehefrauen repräsentieren, sein können.

Es ist im wesentlichen eine Frage der Sprache. Ich werde als eine »Kreatur« Migliarinis betrachtet, und das bin ich ja auch. Na und? Das Wort hat nichts Elendes, Demütigendes, sind wir denn nicht alle Kreaturen Gottes? Und jedenfalls ist es immer noch besser, als

»die schwarze Seele« von Onorevole Bazzecca zu sein, der »Katarrh« von Onorevole Pugnotti, das »Bidet« von Onorevole Mimma Malvolio, will mir scheinen.

Wir waren dem Punkt nahe, an dem es kein Zurück mehr gibt, und Migliarini gefiel das gar nicht. »Nimm sie doch mit«, riet er mir, »laß sie an deinem Leben als Volksvertreter teilhaben, zeig ihr ein bißchen das Territorium, bring sie mit neuen Leuten zusammen.« Ich nahm sie mit, ich überredete sie, mit mir zum Meeting des Toten Gleises zu kommen, das die Bahnhofsvorsteher der Provinzen von Biella, Novara und Vercelli organisiert hatten, aber sie unterhielt sich überhaupt nicht, blieb während der ganzen Veranstaltung auf einem völlig negativen Standpunkt: Diese alten Güterwagen, sagte sie, diese verrosteten, von Brennesseln überwucherten Gleise hätten die Reise nicht gelohnt.

Daher, als Migliarini mich bat, die Partei auf der Nationalen Tagung des Falschen Invaliden zu vertreten, sagte Luciana: »Ohne mich. Am Samstag wollten wir doch nach Florenz, seit hundert Jahren schon möchte ich die restaurierte Kapelle von Benozzo Gozzoli sehen, und jedesmal findest du eine Ausrede, um es wieder aufzuschieben. Jetzt reicht's!«

»Aber Benozzo Gozzoli läuft doch nicht davon, während diese Tagung, die zudem in Apulien stattfindet, einer herrlichen Gegend . . .«

»Du nimmst mich doch nicht mit, um mir Apulien zu zeigen, du schleppst mich zu lauter falschen Blinden, falschen Lahmen, falschen Hirnverletzten, die jahrelang den Staat, also auch mich, beschissen haben. Nein, mein Lieber, das kommt nicht in Frage, ich fahre nach Florenz, und wenn du dich für den Falschen Invaliden entscheidest, ist das deine Sache.«

Es war ein Entweder-Oder. Migliarini reagierte konstruktiv. »Hör mal, Slucca, das Problem der Falschen Invaliden ist äußerst delikat. Da ist diese BOFI, die Bewegung der Organisierten Falschen Invaliden, die neun Expräsidenten des Staatsrats wegen unterlassener Amtshandlungen und Anstiftung zu fortgesetztem Betrug vor Gericht bringen will.«

»Aber *sie* sind doch die Betrüger, oder etwa nicht?«

»Wer will das leugnen, Slucca, wer will das leugnen? Aber die bezichtigten Regierungen hätten das unterbinden, sie am Betrug hindern müssen. So jedoch, da jede Kontrolle unterblieben ist, fühlten die sich ermutigt, ja nachgerade zum Deliktverhalten gedrängt, verstehst du, Slucca? Technisch gesehen kann man von Beihilfe sprechen.«

»Und ich soll hinfahren und denen recht geben?«

»Nicht so schnell, Slucca, laß uns nichts überstürzen. Der Standpunkt der Partei ist sehr viel differenzierter. Sicher, es handelt sich da um ein nettes Häufchen von Wählerstimmen, die kämen uns zupaß. Aber über die ganze Frage ist eine genaue, höchst verzweigte Ermittlung des Obersten Gerichtshofs im Gang, und du weißt ja, die Partei hat volles und absolutes Vertrauen in diese Instanz, laß bloß nie eine Gelegenheit aus, das wieder und wieder zu sagen, Slucca! Wer einen Fehler gemacht hat, muß dafür bezahlen, das ist klar. Trotzdem darf die Wut der Organisierten Falschen Invaliden uns nicht gleichgültig lassen, es ist ein soziales Problem, da sind Hunderttausende von Familien, denen wir einen Hoffnungsschimmer geben müssen, eine positive Anwort, die erstens von der Rückgabe der Summen absieht, um die der Staat sich in verbrecherischem Leichtsinn hat bringen lassen, und zweitens ...«

Es war eine richtige Rede, ein Paradebeispiel dialektischer Hochakrobatik von der Art, die durch Wendungen wie »andererseits«, »gleichzeitig«, durch doppelte Verneinung wie »man kann nicht einfach nicht bedenken, daß« in der Schwebe gehalten wird. Dem fühlte ich mich nicht gewachsen, und andererseits waren da Benozzo Gozzolis Heilige Drei Könige in der Riccardi-Kapelle.

»Ich sage dir, wie es ist, ich fühle mich dem nicht gewachsen. Weißt du, solange man mir eine Schere in die Hand drückt, um ein Band durchzuschneiden, schaffe ich das ja einigermaßen, aber das ist ein viel zu komplizierter Knoten für mich. Warum gehst du nicht selbst?«

»Aber Slucca, meinst du tatsächlich, ich könnte mich persönlich bei einer solchen Frage exponieren? Nein, *du* fährst hin, du mußt bloß die Intervention verlesen, die ich mit eigener Hand verfaßt habe, unterzeichnet Slucca, natürlich.«

»Und wenn es danach eine Diskussion gibt und die mir Fragen stellen?«

»Slucca, du müßtest doch wissen, daß es in der Politik drei unfehlbare Formeln gibt. Was immer die dich auch fragen, du sagst: ›Wir hoffen auf eine gerechte Lösung.‹ Schlägst vor: ›Setzen wir uns an einen runden Tisch.‹ Empfiehlst: ›Die Kluft muß geschlossen werden.‹ Fahr ruhig, Slucca, mit solchen Antworten braucht man keine Diskussion der Welt zu fürchten.«

Aber ich fürchtete mich vor Luciana, die offenbar drauf und dran war, einen Standpunkt der Abspaltung (von mir) einzunehmen, wenn ich mich für die Falschen Invaliden entscheiden sollte, statt für die Heiligen Drei Könige.

»Nein, schau, diesmal kann ich einfach nicht, diesmal steht meine Ehe auf dem Spiel. Ich sage es dir ganz offen: Es geht bei dieser Entscheidung um mein Leben.«

Migliarini lächelte, und es war – dafür kann ich garantieren – kein anzügliches Lächeln.

»Und ich, Slucca, sage dir ebenso offen, daß in dem Fall mit dir Schluß ist, dann ist es aus zwischen uns, dann bist du *out*.« Er kann kein Englisch, aber manchmal greift er zu Fremdsprachen, um den allzu polemischen Ton gewisser italienischer Ausdrücke abzumildern (*out* hatte hier die Bedeutung von »erledigt wie ein toter Hund«).

Doch plötzlich veränderte sich sein Lächeln, vielleicht war es jetzt tatsächlich, wenn auch nicht direkt anzüglich, so doch gewissermaßen arglistig. »Aber eine Kompromißlösung wäre immerhin denkbar«, sagte er. »Nehmen wir einmal an, du fährst zu den Falschen Invaliden, und ich begleite Lucianina zu Benozzo Gozzoli?«

»Aber, ich weiß nicht …«

»Laß uns das ausdiskutieren, Slucca, setzen wir uns an deinen Eßzimmertisch.«

Es war bloß ein Diskussionsvorschlag, eine Arbeitshypothese, aber als ich Luciana davon berichtete, packte sie wortlos ihre Koffer, und am nächsten Tag, es war Freitag, nahm sie den Zug nach Florenz.

»Ich bringe dich zum Bahnhof.«

»Nein danke, ich rufe mir ein Taxi.«

Seit dem Tag habe ich sie, außer bei den Scheidungsformalitäten, nicht mehr gesehen. Von Florenz ist sie weiter nach Pesaro gefahren, wo ihre Eltern und ihr Bruder leben.

»Denkst du noch ab und zu an mich?« fragte ich sie Monate später am Telefon.

»Jeden Abend«, sagt sie, »wenn ich den Mülleimer ausleere.« Ein perfekter Schnitt, wie mit dem Rasiermesser. Jetzt ist sie mit einem Zahntechniker aus Fano zusammen, kocht für ihn ihre berühmte Fischsuppe, raucht. Wer weiß, ob sie glücklich ist.

SLUCCA, DAS SIGNAL

»NATÜRLICH TRÄUMT KEIN MENSCH DAVON«, räumte ich friedfertig ein, »niemand erwartet, daß die Fähre Follonica-Piombino einmal so wichtig wird wie, sagen wir, der Tunnel unter dem Ärmelkanal oder die Brücke über die Meerenge von Messina. Das ist nicht das Problem, es geht um etwas ganz anderes.«

Ich saß mit Onorevole Vasone, meinem Parlamentskollegen und Mitbewohner eines Zweizimmerapartments in Monteverde Nuovo, in unserer kleinen, aber sonnigen Küche beim Kaffeetrinken (ich nehme immer einen Tropfen Milch), und Vasone hatte eine Karte von Mittelitalien auf dem Resopaltisch ausgebreitet.

»Aber das ist ja noch nicht einmal eine richtige Fähre«, sagte er und fuhr mit dem Finger von einer Stadt zur anderen. »Schau her, entschuldige mal, Follonica und Piombino sind doch bereits durch ein hervorragendes Straßennetz verbunden, eine halbe Stunde Fahrt, und vor allem liegen beide Orte auf derselben Seite auf dem Festland, erkläre mir mal, was für einen Sinn es haben soll, sie auch auf dem Seeweg zu verbinden.«

»Was hat das denn damit zu tun, auch Venedig und

Triest, auch Marseille und Barcelona liegen auf derselben Seite auf dem Festland, und doch hat es zwischen diesen Häfen immer einen blühenden Verkehr gegeben, schon seit dem sechzehnten Jahrhundert, sogar noch früher.«

»Ich«, sagte Vasone mit der typischen verächtlichen Miene aller wenig konstruktiven Persönlichkeiten, »also ich kann mir zwischen Follonica und Piombino keinen Seeverkehr vorstellen, blühend oder verwelkt.«

»Aber es ist immerhin eine neue Infrastruktur, oder etwa nicht?« erwiderte ich. »Und bei dem Mangel an Infrastrukturen, den wir in Italien haben, bedeutet diese Fähre wirklich einen Schritt nach vorn in der Modernisierung des Landes.«

»Und was hat dieser schöne Schritt nach vorn gekostet?« fragte Vasone, der von einer fast krankhaften Rücksicht auf die finanzielle Seite der öffentlichen Leistungen zerfressen ist. Hätten Männer wie er im Vatikan das Sagen gehabt, hätten wir heute anstelle des Petersdoms einen Plattenbau, und Michelangelo hätte höchstens Wirtshausschilder gemalt.

»Die definitiven Daten sind noch in der Ausarbeitung«, antwortete ich, »aber die Investition war jedenfalls ganz bescheiden. Vor einiger Zeit ist ein vermutlich zypriotischer Frachter, der hundertsechsundneunzig illegale Einwanderer transportierte, an der apulischen Küste gestrandet. Niemand hat Besitzansprüche angemeldet, und so hat man schließlich, da er noch in ganz passablem Zustand war, entschieden, ihn nach Follonica zu schleppen und ihn einem Verein von

Jugendlichen anzuvertrauen, die in sozial nützlichen Arbeiten engagiert sind. Die haben sich ungeheuer eingesetzt, und jetzt, nach achtzehn Monaten, ist die »Che« soweit, daß sie wieder in See stechen kann.«

»Die ›Che‹?« fragte Vasone mit der typischen verächtlichen Miene derer, die den Namen Elvis Presley nicht mehr hören können. »Etwa ›Che‹ wie ›Che‹ Guevara?«

»Ja, sicher, so wollten sie den Frachter taufen, mit dem Namen ihres Vereins. Verstehst du, die Legende, sein Mythos, ist unter diesen jungen Leuten heute lebendiger denn je, und sie waren ganz begeistert von der Vorstellung, ihn wieder mit vollen Segeln aufs Meer hinausbrausen zu sehen.«

»Aber ist es denn ein Segelschiff?«

»Selbstverständlich nicht, ich habe das symbolisch gemeint.« Vasone zuckte die Achseln mit der typischen Geste derer, die jedem poetischen Schwung den Wind aus den Segeln nehmen.

»Kein Mensch wird damit fahren«, prophezeite er.

»Ganz im Gegenteil. Das wird eine höchst angenehme Minikreuzfahrt, dazu angetan, die Lebensqualität der sozial schwachen Schichten zu verbessern«, erwiderte ich mit den Worten, mit denen Migliarini es mir erklärt hatte. Aber ich sagte natürlich nicht die ganze Wahrheit.

Vasone ist jedoch mißtrauisch. »Und du sollst also hinfahren und diese ›Che‹, diese Fähre, vom Stapel laufen lassen?«

»Nicht direkt. Ich gehe sozusagen nur hin, um mich blicken zu lassen.«

»Und wer zerschlägt die Flasche, wer ist der Tauf-
pate?«

»Es ist eine Patin. Onorevole Mimma Malvolio.«

Ich hatte erwartet, daß Vasone unflätig lachen
würde, und so ist es in der Tat gewesen. »Sag das noch
mal!« schluchzte er unter Lachtränen. »Du liebe
Güte!«

Nun würde auch ich selbst den Umgang mit
Mimma Malvolio nicht gerade zu den Prioritäten
meines Lebens rechnen. Nicht so sehr wegen ideolo-
gischer Divergenzen (auch wenn ihre Standpunkte,
besonders zur Frage des Aufschwungs der Weltwirt-
schaft, mich kalt lassen), sondern weil sie eine physisch
aufdringliche, verbal ätzende Frau ist, die dir, wenn sie
einmal loslegt, den Eindruck vermittelt, gleich werde
sie dich am Kragen packen und wie einen nassen
Regenschirm schütteln. So ungefähr habe ich mich
Migliarini gegenüber ausgedrückt, als er mir eines
Vormittags auf einer Bank im Pinciopark vom Stapellauf dieser Fähre gesprochen hat.

»Auch du«, gab ich ihm zu bedenken, »kannst sie ja
nicht ausstehen, du hast sogar gesagt, wenn sie endlich
einmal krepieren wollte, würdest du zu ihrer Beerdigung gehen, bloß um die Gelegenheit zu haben,
Beifall zu klatschen, wenn der Sarg aus der Kirche
getragen wird.«

Migliarini nickte mit seinem zweideutigen Lächeln.

»Jedesmal, wenn du ihr begegnest«, erinnerte ich
ihn, »erkundigst du dich doch galant bei ihr, was ihre
Knötchen in der Brust machen.«

Migliarini keckerte gutmütig.

»Ich weiß nicht, woher dieser Dauerkonflikt zwischen euch rührt«, sagte ich, »ob sie dir irgendeine politische Schweinerei angetan hat oder warum sonst du ihr am liebsten die Haut abziehen würdest.«

»Welche Haut denn, Slucca«, korrigierte mich Migliarini. »Die Mimma hat keine Haut, die hat Schuppen. Aber davon abgesehen«, fuhr er mit einem Seufzer fort, »davon abgesehen, Slucca, hat die Malvolio eben doch einen gewissen politischen Einfluß, und ich muß ihr etwas signalisieren.«

»Aber entschuldige mal, warum soll denn ich das signalisieren? Schick ihr doch ein Fax oder ruf sie eben an!«

Migliarini wedelte mir mit der Hand vor den Augen herum und senkte die Stimme: »Wo lebst du eigentlich, Slucca, wo lebst du? Alle meine normalen Kommunikationskanäle, ich sage: alle, werden doch systematisch abgefangen und abgehört. Tag und Nacht.«

»Aber meine nicht, komm einfach zu mir nach Hause und ruf von dort an, benutze mein Fax, Vasone ist ja nie da, der ist immer in Montecitorio. Er behauptet, das Parlament habe nie was zu sagen und betone das unablässig. Seiner Meinung nach ist das so entspannend.«

Migliarini zischte angewidert: »Slucca, du machst dir nicht klar, daß du ein Nahestehender bist.«

»Ein Nahestehender von wem?«

»Von mir, Slucca, von mir! Und daher stehst auch du unter Überwachung, auch deine Kommunikation wird sämtlich abgefangen und aufgezeichnet.«

Ob das nun stimmt oder nicht, betroffen bin ich jedenfalls. Er sah sich inzwischen vorsichtig um, eine Mama, die einen Doppelkinderwagen mit Zwillingen schob, ging vorüber, ein paar fotografierende Japaner trabten vorbei. Das konnte sehr wohl eine Inszenierung sein. Diese Idee, überwacht zu werden, ist Migliarini nach dem Ermittlungsbescheid und dem langen Gespräch mit dem Ermittlungsbeauftragten gekommen. Er hat sich darauf von einem Freund seine Wohnung »säubern« lassen, einem Exagenten des Geheimdiensts, den es derartig aus der Bahn geworfen hat (wie der sarkastische Vasone behauptet), daß er alle Einbahnstraßen Roms in verkehrter Richtung befährt und stapelweise Strafzettel kriegt. Der Säuberer hat nichts gefunden, aber Migliarini ist weiterhin ganz sicher, überall – im Toaster, im elektrischen Rasierapparat – von Wanzen umgeben zu sein, und wenn ich ihn besuche, legt er, bevor er zu sprechen anfängt, immer den *Bolero* von Ravel auf, Lautsprecher auf Maximum.

»Also gut«, sage ich, »aber was soll ich ihr bringen, einen Brief, eine Postkarte, einen Zettel? Was soll ich ihr sagen, was soll ich ihr denn signalisieren?«

»Nichts«, sagt Migliarini, »das Signal bist du selbst.«

»Was für ein Signal denn?« frage ich und betaste zweifelnd meine Armmuskeln. »Doch nicht ein starkes?«

Denn unter uns Politikern werden auch schwache Signale ausgetauscht, transversale Signale, nicht entzifferbare Signale, Signale des Bruchs, der Krise, der Auflösung, die Auswahl ist groß.

»Du brauchst überhaupt nichts zu tun oder zu sagen,

Slucca. Du bist einfach nur beim Stapellauf anwesend. Sie wird schon verstehen.«

»Aber wenn sie mich fragt?«

»Sie wird vollauf mit dieser Sektflasche beschäftigt sein, sie wird dich nicht einmal ansprechen. Mach dir keine Gedanken, fahr ruhig. Slucca, im Grunde mußt du nur du selbst sein.«

Und so bin ich hingefahren. Mit dem Zug, weil mein Fiat Croma Baujahr '92 von seiten des Motors und einer Koalition anderer Teile äußerst starke Signale des Niedergangs schickt und ich noch nicht entschieden habe, ob ich ihn überholen lasse oder endlich einen neuen kaufe, vielleicht diesmal nicht in Dunkelblau.

Am Bahnhof von Follonica holt mich Ciacci ab, einer aus unserer Partei, der den Auftrag hat, mich direkt zum Hafen zu bringen, den ja wirklich kein Mensch, Vasone darf ganz ruhig sein, mit dem Hafen von Hamburg oder von Rotterdam vergleichen will. Aber immerhin schaukeln eine Menge Privatwasserfahrzeuge, kleine und große, entlang der Mole auf dem Wasser, und am Ende des Kais springt einem sofort etwas wie ein riesiges schwimmendes Bündel ins Auge.

»Das ist sie«, sagt Ciacci.

Und er erklärt mir, daß wegen mangelnder Strukturen des Hafens ein traditioneller Stapellauf nicht möglich ist. Die Fähre ist auf Gummiwalzen aus der nahe gelegenen Werft herübertransportiert, ganz unzeremoniell ins Wasser gelassen und dann mit Plastikbahnen eingepackt worden.

»Wir werden also nicht das feierliche Schauspiel der ins Wasser gleitenden ›Che‹ haben, aber als Entschädigung wurde an das Schauspiel einer Denkmalenthüllung gedacht.«

»Dann ganz ohne Flasche?«

»Doch, doch, die Flasche kommt auch, aber erst wenn das Paket sozusagen ausgepackt worden ist. Erst wird das Schiff von der Plastikhülle befreit. Das Schauspiel wird also weniger die ›Symbolkraft Stapellauf‹ als die ›Symbolkraft Geburt‹ haben.«

»Oder die ›Symbolkraft Weihnachtsmann‹.«

Ich verstehe nichts von Schiffen, aber dieses um und um mit dicken Tauen verschnürte Paket wirkt schon recht eindrucksvoll, es ist immerhin fünfzehn bis zwanzig Meter lang und strahlt, wie es sich da leicht auf dem trüben Wasser wiegt, die ruhige Sicherheit eines Seewolfs aus, der schon ganz andere Abenteuer erlebt hat. In weniger als einer halben Stunde soll die Zeremonie beginnen, und die jungen Leute des sozialen Vereins sind schon versammelt; da vorn stehen sie in ihren mehr oder weniger zerfetzten Jeans und ihren bunten T-Shirts mit dem gedruckten Kopf von Che oder Kolumbus auf der Brust, oder auch mit dem eines strengen Marineoffiziers, der laut Ciacci der Kapitän der »Titanic« sein soll.

»Die machen eben gern einen kleinen Spaß«, beruhigt mich Ciacci, als er sieht, daß ich die Finger kreuze. »Du weißt ja, in der Toscana scherzt man gern.«

In der Tat sehe ich in der Gruppe einen Mann um die Vierzig, der scherzt, lacht, mehr herumhampelt als die übrigen. Seine T-Shirtbrust ist mit dem Kopf einer nicht sofort identifizierbaren Frau bedruckt (Schauspielerin, Sängerin, Wissenschaftlerin, Revolutionsheldin?), und darunter ist in dicken Lettern geschrieben: »I ❤ MIMMA«. Ich kapiere nicht gleich. »Das Herz«, erklärt mir Ciacci, »steht für *love*, Liebe.« Aha, das soll also heißen »I LOVE MIMMA«, eine zärtliche private Huldigung, die er für seine Freundin hat machen lassen, oder vielleicht für seine Tante? Nein, nein, Mimma ist Onorevole Mimma Malvolio, die Patin, die sich so sehr für das Gelingen dieser Initiative eingesetzt hat, eine kleine, sympathische Ehrung. Ach, wann je, frage ich mich, plötzlich ganz melancholisch geworden, wann je werde *ich* ein T-Shirt mit meinem Kopf und dem Schriftzug »I ❤ SLUCCA« sehen?

Das T-Shirt ist rot, der gedruckte Kopf schwarz, während die Malvolio einen dicken dunkelblonden Schopf hat, aber sie ist es tatsächlich, man hat eine Fotografie von ihr verwendet, auf der sie selbstverständlich lächelt. Sie ist nämlich eine Frau von stoischem Charakter, sagt Migliarini, sie lächelt sogar noch, wenn sie im Spiegel ihr Gesicht sieht. Und wirklich kommt nach einer Minute ein dunkelblauer Wagen angerollt, der Fahrer öffnet den Schlag, zwei Schutzleute stehen stramm, sie steigt aus und lächelt verschiedenen lokalen Beamten zu, umarmt lächelnd den Vizebürgermeister (der Bürgermeister hat nicht kommen können, er ist in Freiburg auf einem Kongreß der Bürgermeister der europäischen Städte, die mit F anfangen, Fulda, Fossombrone, Frankfurt, Fontainebleau, Foggia, Fuentes de Ebro usw. usw.). Sie geht auf das schwimmende Paket zu und umarmt alle

Mitglieder des SVCS (Sozialer Verein »Che« Siempre), umarmt und küßt überschwenglich den »I ❤ MIMMA«-Mann, dann entdeckt sie mich und stürzt zu mir, um auch mich zu umarmen. »Slucca, was für eine Ehre!«

Sie wird nicht mit dir sprechen, hatte Migliarini versichert; und da stehe ich jetzt und weiß nichts zu sagen. Ich lüge.

»Weißt du, ich war gerade in der Gegend, und da habe ich mir gedacht ...«

Sie kneift mich lachend in die Seite. »Du brauchst keine Ausreden zu erfinden, Slucca, ich weiß, daß du ein Signal bist, und dazu eins, das ich nicht erwartet hätte.«

Schon hat sie mich demaskiert. Immer noch lachend, hängt sie sich bei mir ein, entfernt sich mit mir von der Gruppe der andern, senkt die Stimme. »Also, dann hat Migliarini es nicht allzuschlimm übel genommen?«

»Äh, böh, ich weiß nicht, ich glaube nicht«, rudere ich im Ungewissen. Aber ich ahne, daß ich als ein Signal des Friedens geschickt worden bin. Um so besser, um so besser – auf die Feindschaft dieser großen, starken, energischen Frau, die heute ein weites schwarz-haselnußbraun kariertes Kostüm trägt, ist man nicht gerade scharf wie auf einen Jackpot im Lotto.

»Ich freue mich, daß auch er eingesehen hat, daß das Projekt impraktikabel war«, sagt sie liebevoll zu mir. »Ich war ja sehr aktiv, ich habe getan, was ich konnte, aber die beiden betroffenen Minister haben sich zurückgezogen, und an diesem Punkt ...«

An diesem Punkt weiß ich weniger denn je, aber ich murmle diplomatisch »Klar, eben, eben« und lasse mich wieder zu dem Schiffspaket zurückführen, vor dem sich inzwischen außer den Lokalautoritäten und ihren Verwandten auch Vertreter der sozial schwachen Schichten versammelt haben, ein Häufchen Kinder, Rentner, alte Weiblein, Neugierige. Auch ein Priester ist da, gekleidet wie ein Walfänger aus Nantucket, mit einem afrikanischen Holzkreuz um den Hals, das vorn auf seinem grauen Pullover hin und her baumelt. Alles scheint bereit zu sein, drei oder vier junge Leute vom SVCS steigen behende auf das Riesenbündel und beginnen mühsam, die Taue zu lösen, mit denen die großen Plastikbahnen festgezurrt sind, sie arbeiten sich vom Bug bis zum Heck vor, wo wir wartend stehen. Und nach und nach enthüllt sich die Fähre in ihrer ganzen strotzenden Vitalität und entreißt der Menge ein langes bewunderndes »Ohhh!«. Das »Ohhh!« aus Mimma Malvolios Brust übertönt alle anderen, mein persönliches »Ohhh!« wird davon verschluckt, aber es ist ehrlich und zählt auch.

Diese jungen Sprayerkünstler haben den Kiel und die Aufbauten mit knallbunten Kurven, Spiralen, Punkten, Kringeln, Pickeln, Beulen bedeckt, wie man sie auf gewissen Eisenbahnwaggons, verlassenen Fabrikgebäuden und auch Straßenbahnen sieht. Als Dekoration ist es ja nicht gerade originell, und es ist auch immer ein bißchen das gleiche, aber an einem Schiff habe ich das noch nie gesehen, und in diesem ersten Augenblick bereue ich es nicht, die weite Reise zu der Vernissage gemacht zu haben. Aber im nächsten

Augenblick bereue ich es. Von hinten am Kai braust mit unverschämter Geschwindigkeit ein Motorrad von furchterregender Potenz heran, rast donnernd durch die sozial schwachen Schichten, die nach allen Seiten flüchten müssen. Alle springen erschrocken auseinander, die Schutzleute rennen herbei, aber die beiden Motorradfahrer – schwarzer Helm, schwarzer Lederanzug, schwarze Handschuhe – lassen sich nicht aufhalten, bäumen sich noch einmal auf und sind bei uns vor dem Klapptischchen, auf dem die Sektflasche steht. Ein letztes ohrenbetäubendes Röhren, und der Motor verstummt, die beiden steigen ab, der Fahrer reißt sich den Helm vom Kopf, schüttelt die blonden Locken.

»Ah, Slucca, Gott sei Dank, da bist du ja!«

Es ist Lauretta, die rasende Fernsehreporterin, mit ihrem Kameramann. Es ist ein Signal, aber gewiß nicht des Friedens und der Ruhe.

Onorevole Mimma Malvolio lächelt wie angesichts einer Mehrheit persönlicher Stimmen von vierundachtzig Prozent; auf das Interesse des Fernsehens hatte sie gar nicht gehofft, und sie ist eine Frau – sagt Migliarini von ihr –, die, wenn sie ein atemberaubendes Model auf der Piazza di Spagna vorbeischreiten sieht, dieses weder um sein Kleid noch um seine Beine, noch um seinen Glamour beneidet, sondern einzig und allein darum, daß aller Augen auf es gerichtet sind.

»Liebste!« ruft sie mit Heroldsstimme. »Das ist ja toll, daß du gekommen bist!«

»Pflicht«, sagt die junge Frau knapp, dann aber hakt

auch sie sich bei mir ein (ein ganz anderes Händchen ist das, Slucca, es fühlt sich ganz anders an) und macht ein paar Schritte am Vizebürgermeister vorbei, während der Kollege die Fernsehaufzeichnung des Ereignisses vorbereitet.

»Slucca, also, was ist Sache? Sag es mir!« Der Ton ist vertraulich, drängend.

»Was soll ich dir denn sagen?«

Daß ihr Griff fest ist, der Druck ihres Händchens um meinen Ellbogen süß?

»Aber ich bin doch extra deinetwegen gekommen; kaum habe ich erfahren, daß Migliarini dich herschickt, bin ich losgesaust. Jetzt enttäusch mich nicht, Slucca, erzähl mir, spiel nicht den Geheimnisvollen.«

Extra meinetwegen?

»Los, zittere doch nicht so, Slucca, was ist das für ein Geheimnis? Ich sage es auch niemandem weiter.«

Ein Geheimnis? Ja, ich zittere; tatsächlich zittern meine traurigen Lippen. Aber dann öffnen sie sich und sagen unerbittlich: »Hier muß ein Mißverständnis vorliegen.«

»Warum? Wozu bist du hier? Wieso hat Migliarini dich geschickt?«

»Er hat mich als Friedenssignal geschickt.«

Die junge Frau löst mit einem Ruck die Hand von meinem Arm (ein grausamer Ruck, Slucca, eine tragische Amputation) und bedeckt damit ihren Mund, versucht, ein Lachen zu verbergen.

»Slucca, wo lebst du nur?«

Hier, auf diesem Kai des Hafens von Follonica, hier ist in diesem Augenblick für Slucca das Leben.

»Aber die Malvolio hat sich richtig gefreut, als sie mich gesehen hat, sie ist mir entgegengesprungen wie ein Hirtenhund aus den Maremmen.«

Das Mädchen dreht sich um, heißt auch mich zurückblicken. »Schau doch!«

Zwanzig Meter weiter dort hinten steht die schwarz-schokoladenbraune Dame immer noch inmitten ihres festlichen Grüppchens. Aber der Blick, den sie uns jetzt zuwirft, ist beunruhigend.

»Sie hat Angst«, sagte Lauretta, »sie ahnt etwas.«

»Aber was denn?«

»Das mußt *du* mir sagen, Slucca, *du* bist doch das Signal. Und was mich angeht, bist du ein Signal der Gefahr. Migliarini will sich vermutlich irgendwie wegen dieser Geschichte mit dem afrikanischen Projekt an ihr rächen, das muß dahinterstecken, wenn du mich fragst.«

In Rom steckt hinter allem und jedem etwas anderes, unter dem Nudelteller der Dolch, unter dem Rosenstrauß die Kobra, hinter dem Kuß Marylin Monroes der Kuß Draculas. Es ist ein einziges großes Fest für die Dahinterologen, und das sind alle. Außer mir, der ich mich immer noch an das halte, was man mir sagt, der ich am Schein festklebe. Ich bin »ein eiserner Davorologe«, wie der ironische Vasone zu sagen pflegt.

»Ich weiß nichts von diesem Afrikaprojekt«, protestiere ich.

»Sie hat es sabotiert, und er will sich rächen. Du bist die Rache, Slucca!«

Ich stampfe heftig mit dem Fuß auf. »Aber ich will

niemandes Rache sein, ich mache da nicht mit. Ich mische mich doch nicht in die Kompetenzen des Allmächtigen ein. ›Mein ist die Rache‹, sagt der Herr in der Bibel, und mir ist das recht. Soll doch ER dafür sorgen, ich bestimmt nicht, ich bin doch nicht verrückt!«

Lauretta führt mich kopfschüttelnd wieder auf Onorevole Mimma Malvolio und ihre forschenden Blicke zu.

»Slucca, mein Lieber, ich glaube, du wirst hier instrumentalisiert.«

Mir bricht der kalte Schweiß aus. Dieses Zeitwort wird in der Welt der Politik dauernd verwendet, meistens im Passiv, und ist äußerst gefürchtet. Es gibt kein Seufzen, kein Hüsteln, kein Beineüberschlagen, kein Flüstern eines Parlamentariers ins Ohr eines anderen Parlamentariers, das nicht instrumentalisiert werden könnte. Der Schrei »Die wollen mich instrumentalisieren!« ertönt in Montecitorio wie der verzweifelte Hilferuf eines jungen Mädchens, das unvorsichtigerweise nach Mitternacht in den alten Ford von fünf erotisch unkorrekten Marokkanern eingestiegen ist. Dem alten Senator Portis zufolge, der ein wenig unser aller historisches Gedächtnis verkörpert, hat dieser Schrecken vor der Instrumentalisierung althergebrachte konkrete Ursprünge, er geht auf die heroischen Zeiten unserer Politik zurück, auf das Jahr 1948, als Onorevole Dragonero von zwei kommunistischen Kollegen als Rammbock benutzt wurde, um die Tür aufzubrechen, hinter der eine geheime Versammlung titoistischer Ketzer im Gange war (zum

Glück hatte er eine Baskenmütze auf). Und in neuerer Zeit gibt es niemand, der sich nicht an die Instrumentalisierung erinnerte, die Onorevole Luigi (Vigin) Gay aus Pinerolo erfahren mußte, als er durch Zufall in Bologna bei einer Demonstration der Bewegung »Homosexueller Stolz« am Straßenrand stand und von vier Lesben auf die Schultern gehoben und im Triumph durch die Stadt getragen wurde. (»Laßt mich herunter!« brüllte der Unglückselige. »Ich bin Gay, Onorevole Gay!« Und die: »Bravo, Bruder, genau!«)

»Sei vorsichtig, Slucca«, murmelt das Mädchen, »halt die Augen offen.«

Meine aufgerissenen Augen sehen ein Patrouillenboot der Karabinieri unweit des schwimmenden Bündels halten, sehen die jungen Leute des Sozialen Vereins die letzten Taue vor dem Heck der »Che« aufknüpfen, sehen Mimma Malvolio sich Haar und Bluse vor der Fernsehkamera zurechtzupfen. Wir treten näher zu der Gruppe, aber nicht zu nahe, ich muß Distanz wahren, schon weil ich Mimma nicht die Schau stehlen darf (sie ist berühmt für ihre Ellbogenpüffe in die Lebergegend) und auch weil ich nicht vorhabe, mich dem, was passieren könnte, allzu direkt auszusetzen. Und mir fällt an diesem Punkt etliches ein, was passieren könnte. *Bombenpaket explodiert in der Toscana, Onorevole Slucca in Stücke gerissen;* oder auch: *Drogentransport (fünf Tonnen) zwischen Follonica und Piombino aufgeflogen. Onorevole Slucca diente als Deckung;* oder zumindest: *Titanischer Schiffbruch bei Ausfahrt aus dem Hafen. Onorevole Slucca von den Fluten verschlungen.* Nein, keinesfalls setze ich einen Fuß auf diese »Che«.

Die vorletzte Plastikbahn gleitet hinab, nun bleibt noch die letzte, die das Heck verhüllt, und Mimma Malvolio ist die offizielle Aufgabe vorbehalten, sie zu lösen. Ein rot angemaltes Tau, das mit zwei anderen Tauen verbunden ist, läuft straff gespannt durch einen am Kai befestigten Ring und dann wieder zurück zur Fähre. Da vorn am Ring muß Onorevole Mimma es kappen. Der Vizebürgermeister reicht ihr feierlich die Schere. Sie ergreift sie, will schneiden, aber es ist ein dickes Seil, und vielleicht läßt auch die Schärfe der Schere zu wünschen übrig. Sie ist gezwungen, mühsam zu sägen, statt zu schneiden, feine Fasern lösen sich, das Tau franst ein bißchen, aber es widersteht, die Schnipplerin schafft es offensichtlich nicht. Und da sieht meine Kollegin verzweifelt nach oben, begegnet meinem Blick, winkt mich zu sich. »Komm und hilf mir, Slucca, du kennst dich doch mit so was aus.«

Und ich sollte doch nur zusehen, laut Migliarini! Die Fernsehkamera surrt, Lauretta steht mit ihrem Mikrophon bereit, der Walfängerpriester lächelt mir wohlwollend zu, alle warten auf meinen erfahrenen Einweiherarm. Und ich gehe, ich schneide, zack, das rote Tau durch, es fliegt weg, die Plastikbahn gleitet ins Wasser, die ganze Fähre ist nun sichtbar. Auf dem Heck ist in schwarzen Buchstaben ihr Name gemalt: »CHE«. Ein kollektives »Ohhh!« ertönt, aber ein ganz anderes als das von vorhin. Es gleicht eher einem »Ohhh!« des Anstoßes, der Empörung, des Schreckens. Denn unter dem »CHE« hat eine derb provokative Hand mit schwarzem Spray die Buchstaben MIM-MAFICKER hingesprüht.

Ein äußerst starkes Signal, und dazu ein schwerer stilistischer Ausrutscher, auf den Onorevole Mimma Malvolio mit einem grimmigen Knurren reagiert: »Das waren die Limited. Das ist ein Sabotageakt dieser gottverdammten Livorneser!«

Sie wirft glühende Blicke in die Runde, sieht mich, zuckt, stellt den Zusammenhang her. Ich habe mich noch nie so sehr als Nahestehender Migliarinis gefühlt, leider.

»Jetzt verstehe ich, jetzt weiß ich, warum du hier bist, Slucca, du widerlicher Spion!«

Das unerbittlich karierte Kostüm ist über mir, ich mache ein paar Schritte zurück, werde aber vom sozialen Verein umringt. Verzweifelt leugne ich: »Ich wußte von nichts, das schwöre ich dir, ich habe geglaubt, ich sei ein Signal des Friedens, Migliarini hat ...!«

»Migliarini! Natürlich Migliarini! Das ist einer seiner typischen üblen Streiche, und dich hat er geschickt, damit du die Szene genießt und ihm berichtest, du niederträchtiger Spanner, du, du absolut nichtswürdiger Wurm!«

Ob es wohl auch relativ nichtswürdige Würmer gibt? Ich habe noch Zeit, mich zu fragen. Dann wird sich Onorevole Mimma bewußt, daß die Augen der Nation auf sie gerichtet sind, geht auf die Fernsehreporterin zu, entreißt ihr das Mikrophon, stürzt sich auf die Kamera, schlägt die Pranke über das Objektiv.

»Ihr steckt doch alle unter einer Decke, ihr Bastarde! Das ist eine mit den Medien abgesprochene Aktion gegen mich, das ist ein Komplott!«

Ich sehe sie mit der unbekümmerten Sportlichkeit eines englischen Fußballfans die Stapellaufflasche ergreifen. »Das sollt ihr mir büßen!«

Sie hat völlig die Kontrolle verloren. Es entsteht ein Getümmel, wie es eines zivilen Landes unwürdig ist, alle stoßen, drängeln, schreien laut nach Besinnung und Beruhigung, der Walfängerpriester versucht, der Besessenen die Flasche aus der erhobenen Hand zu winden, und brüllt: »Nicht, Herrgott Mimma, f... dich!«, der Vizebürgermeister ist bleich wie eine Plastikbahn, die Schutzleute stellen sich schützend, aber in vorsichtigem Abstand, zu der Menge, die Sozialvereinler haben mich gepackt und drücken mir fast die Luft ab, sie scheinen sich für einen häßlichen Qualitätssprung entschieden zu haben, ich sehe die Schlagzeile vor mir: *Onorevole Slucca: Stapellauf in den Tod.* Ich falle auf den Hintern, sehe mich von Joggingschuhen eingekreist, aber es sind auch ein paar eckige, schwarze, mörderischere Modelle darunter. *Onorevole Slucca mit Fußtritten umgebracht.* Ich war immer schon gegen Gewalt, und jetzt verstehe ich, wie recht ich hatte. Ich schließe die Augen, meine Lebenserwartung sinkt auf 0,2. Gleich soll ich zu Tode instrumentalisiert werden. Und plötzlich finde ich mich schwankend wieder auf den Füßen, die Karabinieri des Patrouillenboots sind gelandet wie in der Normandie, haben mich hochgezogen, haben um mich herum einen winzigen Brückenkopf geöffnet, in den jetzt das hysterische Gebrumm eines Motors einbricht, einen Augenblick später das Motorrad selbst, gefahren von der Fernsehreporterin Lauretta.

»Spring auf, Slucca, komm, beweg deinen Arsch, mach jetzt nicht auf Kollaps!«

Sie wirft mir den Helm ihres Assistenten zu, den ich, vom guten Ciacci mitgezogen, fortlaufen sehe. Der Helm rollt auf die Erde, ein Karabiniere hebt ihn auf und stülpt ihn mir über den Kopf.

»Los, schnell weg, schnell!«

Ich klammere mich an meine Retterin, und wir gehen auf große Distanz zu dem verfluchten Schiff. Sechzig Kilometer südlich von Follonica halten wir, um einen Espresso zu trinken, ich einen doppelten.

»Meine Güte, Slucca, du warst ein Signal des Hohns und des Spotts.«

»Ich weiß nicht, wie ich dir danken soll, du hast mein Leben gerettet.«

»Pflicht, Slucca, Pflicht. Schade, daß die Reportage im Eimer ist, das wäre ein Knüller gewesen.«

»Aber ich verstehe immer noch nicht. Warum war sie so wütend auf die Limited, was sind diese Limited überhaupt?«

»Eine Gruppe von Anarchisten aus Livorno, das CACL, Centro Asociale Cianciulli Limited.«

»Cianciulli, sagst du ...? Den Namen muß ich schon gehört haben ... War das nicht so ein Pater oder Jugendpriester, Don Cianciulli? Warte, da gab es doch ein Buch, *Briefe an Don Cianciulli* oder so ähnlich, scheint mir ...«

»Wo lebst du eigentlich, Slucca? Leonarda Cianciulli war eine Massenmörderin der tollen vierziger Jahre, die ihre Opfer gekocht hat, um Seife daraus herzustellen, die sogenannte Seifenmacherin von Correggio. Diese jungen Leute haben ihren Namen gewählt, damit er nicht aus dem nationalen Gedächtnis verschwindet, und außerdem auch ein bißchen wegen der Transgression, die machen sich eben gern einen Spaß, das hast du ja gesehen.«

»Aber was hat Migliarini damit zu tun?«

»Es ist bekannt, daß Migliarini Kontakte zu ihnen unterhält, vielleicht hat er auch jemanden bei ihnen eingeschleust, der Arm dieses Mannes reicht weit.«

»Aber warum mußte er sich rächen? Was ist das für eine Geschichte mit dem afrikanischen Projekt?«

»Es ist ein Projekt, das ihm sehr am Herzen lag. Es war für die nach oben tendierenden Schichten Afrikas gedacht.«

»Und wo sollen diese nach oben tendierenden Schichten in Afrika sein? Soviel ich weiß, tendieren die bloß in den Massengräbern nach oben.«

»Na ja, jedenfalls ist Migliarini eine Woche in Afrika gewesen, hat von der Situation Kenntnis genommen und dieses Projekt ausgearbeitet, das den noch nicht ermordeten Schichten Hoffnung machen, ja, ein konkretes Ziel geben sollte, denn auf die muß der Okzident schließlich setzen. ›Diese Menschen können sich also keinen Ferrari leisten?‹ sagt Migliarini. ›Gut, dann geben wir ihnen eine Nachbildung des Ferrari!‹«

»Aber die gibt es doch gar nicht.«

»Eben. Migliarini dachte an ein Joint Venture zwischen Wirtschaftsminister und Außenminister, und dann sollte natürlich auch der Internationale Währungsfonds einbezogen werden. Er stellte sich ein weniger teures Auto vor, immer noch ein Traumauto, aber für Käufer in Entwicklungsländern erschwinglich. Unser Image in Afrika würde enorm gewinnen, meinte er.«

»Aber Ferrari wird nie in eine solche Verwendung seines Namens einwilligen.«

»Genau. Und Migliarini hat schon seinen eigenen dafür angeboten, er hat an eine Nachbildung gedacht, die praktisch alle Charakteristiken des Ferrari hätte, aber Migliarini heißen würde, verstehst du?«

»Ein roter Migliarini auf den Pisten zwischen Mozambique und Ruanda?«

»Grün, Slucca. Er hat sich einen grünen Migliarini vorgestellt, es sollte eine ökologische Farbe sein.«

»Und so«, sinnierte ich, »hat ihm die Malvolio das Projekt torpediert, und er hat ihr den Stapellauf torpediert. Jetzt ist der Krieg auf dreihundertsechzig Grad eröffnet ...«

»Slucca, wo lebst du nur?« Ihr Ton war herzlich, liebevoll, ihr Lächeln zärtlich gerührt, der runtergezogene Reißverschluß zeigte unter dem schwarzen Leder ein orangefarbenes T-Shirt. Für einen Augenblick habe ich meinen darauf gedruckten Kopf gesehen mit dem Schriftzug »I ♥ SLUCCA«. Ich stammelte: »Ich lebe in Monteverde Nuovo, mit Vasone zusammen, aber er ist praktisch nie da, und so oft ...«

Dann hörte ich ein Stimmchen, das aus meilenweiter Distanz zu kommen schien, so weit, wie die Entfernung zwischen Follonica und Piombino auf dem Seeweg ist, und das sagte zu mir: »F... dich ins Knie, Slucca, das ist nichts für dich.« Mein Kopf auf dem T-Shirt drehte sich, jetzt war mein Nacken zu sehen, und darunter erschien der Schriftzug: »SLUCCA GO HOME«.

Und das habe ich getan, über anderthalb Stunden an einen rauhen Pinienstamm geklammert, zeitweilig auch an eine Linde, eine Marmorsäule, einen Laternenpfahl. So jedenfalls befahl mir mein Geist, dieses lange Nahesitzen zu empfinden, um es nicht mit Nahestehen zu verwechseln, aber es ist mir schwergefallen zu gehorchen, vor allem in den Kurven. Das ist menschlich.

At home dann habe ich alles Vasone erzählt, der von A–Z gegrinst hat, ohne auch nur ein bißchen Flexibilität zu zeigen.

»Und so ist jetzt Krieg zwischen den beiden«, schloß ich, »Krieg von dreihundertsechzig Grad.«

Aber da zeigte der Grinser einen Anflug von orientalischem Lächeln, reines New Age.

»Unsere Kriege, mein Freund«, sagte er, »erreichen nie dreihundertsechzig Grad. Sie gehen vielleicht bis dreihundertneunundfünfzig, aber weiter nicht. Sie lassen immer noch diesen letzten kleinen Ausschlupf offen, um Arm in Arm miteinander loszuziehen und an der Ecke eine Pizza zu essen. Was meinst du, wollen wir auch los?«

»Gehen wir«, stimmte ich zu, »du und ich.«

GRAF SLUCCA

»NEIN, DIE VORAUSSETZUNGEN SIND NICHT GEGE-
BEN«, berichtete ich pünktlich Onorevole Migliarini,
dem Oberhaupt unserer Lambretta-Partei (klein, aber
im politischen Verkehr höchst wendig).

»Aha, ist das so, Slucca«, sagte er unter traurigem
Erschlaffen von Lidern und Backen. »Das habe ich leider erwartet.«

Seit mehreren Tagen schon sauste ich quer durch
ganz Rom, um zu sondieren, ob die Voraussetzungen
gegeben waren. Er hatte mir auch erklärt, um welche
es sich handelte, aber mitten in seiner folgerichtig
verknüpften Darlegung hatte ich ein Bindeglied verpaßt, die Sirene der Polizeieskorte einer dunkelblauen
Limousine (seit mehreren Tagen schon herrschte ein
fieberhaftes Hin und Her von dunkelblauen Limousi-
nen) hatte zwei Minuten lang seine Stimme über-
deckt. Und so hatte ich am Schluß auf seine Frage
»Hast du verstanden, Slucca?« nur antworten können:
»In großen Zügen, so ungefähr.«

»Das macht nichts, das ist nicht schlimm. Du mußt
nur flächendeckend Kontakt aufnehmen und einfach
fragen, ob die Voraussetzungen gegeben sind. Ich kann
das aus mehreren Gründen nicht persönlich tun.«

In Wirklichkeit gab es nur einen Grund. Migliarini haßt es, ein Nein zu hören, er hat einen positiven Charakter, ist immer offen für das Morgen und oft auch für das Übermorgen, und Pessimismus, vor allem auf politischem Gebiet, beleidigt seine Lebensauffassung.

»Wenn man mich anpinkelt, Slucca«, vertraute er mir einmal an, »ganz egal, ob es ein Pinscher ist oder ein Elefant, macht mir das überhaupt nichts aus, ich bin nicht übelnehmerisch, ich bin nicht empfindlich. Aber Pessimisten ertrage ich nicht, es ist einfach zu bequem, Pessimist zu sein, einfach zu leicht, immer von jedem Projekt zu sagen, es gehe sowieso in die Hose. Kunststück!«

»Aber wenn dann tatsächlich ...«

»Dann erst recht, Slucca, dann muß der Vollblutpolitiker erst recht wieder aufstehen, sich über das zufällige Hindernis hinwegsetzen und ein neues Projekt in Angriff nehmen.«

Aber dann, dachte ich, sagt der Pessimist doch wieder, daß es in die Hose geht, und wieder setzt sich Migliarini darüber hinweg und so weiter und so weiter, In-die-Hose-Gehen, Sich-Hinwegsetzen, In-die-Hose-Gehen, Sich-Hinwegsetzen, bis ins Unendliche. Aber ich behielt diese konfusen Einwände für mich, Migliarini haßt es, wenn man ihm auf philosophischem Gebiet widerspricht. Daher ging *ich* mich anpinkeln lassen. Ich paßte Onorevole Bazzecca ab und fragte ihn: »Was ist jetzt, sind die Voraussetzungen gegeben?« Er überlegte einen Augenblick und sagte dann: »Nein, ich sehe sie nicht, sie sind nicht gegeben.« So war es im besten Fall, denn es kam auch vor, daß der Angesprochene mit absoluter Offenheit antwortete, vor allem, wenn wir allein waren, ohne Journalisten um uns herum: »Was für Scheißvoraussetzungen denn?« Oder noch schlimmer: »Die Voraussetzungen? Die könnt ihr euch ihr wißt schon wohin stecken!«

Am Morgen sprach ich mit meinem Mitbewohner und Freund Vasone darüber und erkundigte mich bei ihm, der Vizesprecher von Onorevole Cirelli ist und den ganzen Tag in Montecitorio verbringt: »Sind die Voraussetzungen denn gegeben, deiner Meinung nach?«

Er kratzte sich das Kinn: »Im Moment nicht, nein. Gestern waren sie es ungefähr eine Stunde lang, aber als Fabiocchi aus Neapel mit dieser schroffen Erklärung hereinplatzte, sind die Karten völlig neu gemischt worden, und alle Spiele sind wieder offen. Oder auch geschlossen, wenn du willst.«

Ich zog auch durch die Cafébars und Restaurants im Umkreis von Montecitorio, um die Parlamentsreporter auszuhorchen, die oft besser informiert sind als wir. Sie schnappen Gerüchte, Indiskretionen, Herzensergüsse und Wutausbrüche auf und haben eine feine Nase dafür, woher der Wind weht. Gleich an der Tür machte ich mit gespreiztem Zeigefinger und Daumen die fragende Schwenkbewegung, mit der man sich bei jemandem zu erkundigen pflegt, ob er vergangene Nacht das Mädchen rumgekriegt habe. Und die Reporter setzten die Tasse auf der Theke ab und machten mit dem Kaffeelöffel das Zeichen für »nein«. Natürlich hatte dann jeder von ihnen doch seine eigene Theorie zur Sache und legte sie einem dar, wenn man wollte. Das Zünglein an der Waage, sagte einer, sei jetzt Onorevole Percivalle, der sich gestern mit Onorevole Bessè getroffen habe, dem der Standpunkt von Onorevole Valente überhaupt nicht gefalle, denn der wolle sich doch offensichtlich bloß über Onorevole Rapinos Veto bezüglich des Namens von Onorevole Diton hinwegsetzen. Aber Onorevole Riccomagno habe wissen lassen, daß er nach der verblüffenden Sinnesänderung Onorevole Fabiocchis nicht mehr mitmachen wolle, und daher seien die Voraussetzungen nicht mehr gegeben. Einem anderen Journalisten zufolge war das wahre Zünglein an der Waage jedoch Bazzecca, der Migliarini andeutungsweise seine Bereitschaft signalisiert habe, während er wohl gleichzeitig der tödlichen Umarmung Onorevole Salas entschlüpft sei. Aber Onorevole Cirelli habe ein energisches Veto gegen jede unsaubere Lösung eingelegt und im Einvernehmen mit Onorevole Pezzano einen Schritt zurück gemacht und sich wieder Onorevole Bonifanti angenähert. Daher seien die Voraussetzungen immer noch nicht gegeben. Ich berichtete das Wort für Wort Migliarini, der als der alte politische Jongleur, der er ist, alles im Flug erfaßte, nickte, ärgerlich schnaubte, mit der rechten Faust in die linke Handfläche boxte, seufzte, die Hände vors Gesicht schlug. Es war ganz klar eine Pattsituation, schloß er, sehr viel schlimmer als Wand gegen Wand.

»Siehst du, Slucca, Tatsache ist nämlich«, sagte er, »daß es mindestens ein Dutzend Wände gibt. Und mit welchen Folgen?«

»Ich weiß nicht«, meinte ich, »vielleicht daß am Ende ein hübsches Häuschen entsteht?«

»Laß dich nicht zu leichtfertigen Witzen hinreißen, Slucca, das ist jetzt nicht der richtige Zeitpunkt. Laß dich nicht von Vasone beeinflussen, der ja schon lange nicht mehr dazugehört. Die Folgen sind, daß, falls, um nur eine Möglichkeit zu nennen, Bazzecca einen Schritt zurück macht und auch Percivalle sich dazu entschließen sollte, alle beide mit Fabiocchi zusammenstoßen, der auch diese Taktik verfolgt hat, und dann alle drei mit Riccomagno kollidieren, der bei seinem Rückzug wiederum über Diton und Bessè stolpern muß. Dann besteht Gefahr, daß wir alle wie hilflose Käfer auf dem Rücken liegen und mit den Füßen in der Luft zappeln, falls du die Metapher schnallst, Slucca. Und das wäre eine echte Katastrophe, nicht so sehr für uns, als vielmehr für das Land, das sich in diesem Augenblick so etwas nicht leisten kann.«

Der Augenblick, ja natürlich. Es mußte immer der Augenblick in Betracht gezogen werden, oder, besser gesagt, es war eigentlich nie der richtige, immer schien es, er würde jetzt gleich kommen, aber dann kam er doch nicht, es war nicht der richtige Augenblick, der Augenblick war unweigerlich verfrüht, ungünstig, falsch, auf den richtigen mußte man noch warten.

Um mehr über die Voraussetzungen zu erfahren, beschloß nun Migliarini, zu den drei oder vier Orten zu gehen, an denen in Rom die Voraussetzungen geradezu geschaffen werden. Es sind politfinanzkulturelle Salons, die von Damen geleitet werden (»Maitressen« nennt sie leichtfertig witzelnd Vasone, der aber, wie ich, dort nicht verkehrt, nicht zur *crème* gehört) und die vor allem mit einem anspruchsvollen diplomatischen Service ausgestattet sind. »Zimmerservice«, sagt der leichtfertige Vasone, und ich weiß wohl, daß andere derb über diese Damen spotten, die, ihren Verleumdern nach, nur von Snobismus beseelt sind, von der Sucht, dazuzuzählen, zu intrigieren, *les grandes affaires* zu sponsern wie in den französischen *salons* des achtzehnten Jahrhunderts, von denen diese lächerlichen Nachahmerinnen inspiriert sein wollen. Aber es ist leicht, sich über etwas lustig zu machen.

»Es ist natürlich nicht zu leugnen«, legte Migliarini mir dar, »daß man hier weder Voltaire noch Diderot, noch den Prince de Ligne trifft, aber es ist ebenso unwiderlegbar, daß jene legendären *salons* das Vorzimmer zur Guillotine waren, während du diesen hier im heutigen Rom höchstens einen kleinen Schnitt mit dem Scherchen anlasten kannst, wenn du dir in aller Eile die Haare in den Nasenlöchern schneidest, bevor du hingehst. Kurz, die Gefahren sind minimal: ein Pflaster drauf und fertig.« Ich faßte mir an die Nase.

»Heute abend will ich dich dabeihaben, Slucca, du kannst mir dort nützlich sein. Ich erteile dir hiermit einen offiziellen geheimen Forschungsauftrag.«

Ich blickte auf meine Krawatte. »Aber ich bin doch nicht eingeladen, ich gehöre nicht zur *crème*, und diese Krawatte ...«

»Ich kann mitbringen, wen ich will. Und mit jeder beliebigen Krawatte. Du wirst mit offenen Armen empfangen werden, Slucca, ob Creme oder Zabaione. Sei ganz ruhig und komm.«

Der *salon* dieser Dame war in einem alten, düsteren Palazzo im ersten Stock. Er ging rings um einen Innenhof, in dem das Plätschern eines Brunnens zu hören und ein paar Statuen zu sehen waren. Weitere Statuen und große Masken schmückten die Wände des weitläufigen Treppenhauses, aus dessen Dämmer gerade eine Gestalt auftauchte, die vorsichtig die Stufen hinunterstiefelte. Es war der alte Senator Portis, unser historisches Gedächtnis, der sich zum Beispiel noch daran erinnert, daß im Jahr der Ermordung Kennedys, 1963, Onorevole Arduino fünf Millionen Lire im Fußballtoto gewonnen hat. Ich sah, daß Migliarini, um sich nicht persönlich zu exponieren, zur Seite trat, und so stellte *ich* die Frage.

»Also, was ist, Herr Senator, sind die Voraussetzungen gegeben?«

Er blieb auf seinen Stock gestützt stehen. »Wie es scheint, sind sie nicht gegeben«, sagte er feierlich. »Mulas besteht trotz des halben Einlenkens von Riva auf seinem Veto. Sie machen sich nicht klar, daß das Land im gegenwärtigen Augenblick in ernster Gefahr ist.«

Der Stock rutschte ihm auf der ausgetretenen Steinstufe aus, und der Senator fiel mir in die Arme. In der Dunkelheit erkannte er mich nicht. »Und wer ist der da?« fragte er Migliarini, sich irritiert von mir lösend.

»Ein Kollege, es ist Slucca.«

»Ah, bravo, Slucca, halten Sie durch. An dem Punkt, an den wir jetzt gekommen sind, muß jeder seine Verantwortung auf sich nehmen. Sagen Sie das auch dem Grafen, für den wir die größte Achtung hegen. *Integer vitae scelerisque purus* ... Das muß er sich zum Wohl des Landes immer vor Augen halten, erinnern Sie ihn daran, Slucca, unbedingt.«

Er gab mir mit seinem Stock einen leichten Schlag auf die Schulter und machte sich zwischen den feuchten Wänden des Treppenhauses wieder an den Abstieg.

»Was hat er damit sagen wollen?« fragte ich Migliarini, aber der war schon drei Stufen weiter oben und antwortete mir nicht.

Doch jenseits der weit offenstehenden hohen Tür machte der Ausspruch des Senators bereits die Runde, oder vielleicht hatte ja *er* ihn aus fremdem Munde zwischen einem Stuhl und einem Sofa aufgeschnappt. Als ich von Zimmer zu Zimmer ging, sah ich viele Stühle unterschiedlichster Formen und die verschiedensten Sofas, die aber kaum besetzt waren. Die Creme stand da (ein imposanter Anblick) und sagte in drohendem Ton zueinander: »Ihr müßt eure Verantwortung auf euch nehmen!« oder auch: »Wir nehmen unsere Verantwortung auf uns, aber jeder muß seine auf sich nehmen!« Die Dame des Hauses stand im dritten Salon und sagte zu einer Gruppe der allercremigsten *crème de la crème*: »Also, meiner bescheidenen Meinung nach sollte doch jeder seine Verantwortung ...« Sie unterbrach sich, als sie Migliarini sah, umarmte und küßte ihn und flüsterte ihm zu: »Sind sie jetzt gegeben oder nicht?«

»Meines Wissens nicht«, sagte Migliarini, »aber ich habe unserem Slucca hier einen offiziellen geheimen Forschungsauftrag erteilt, um herauszufinden, wie die

Dinge im Überblick wirklich stehen. In einer halben Stunde werden wir es erfahren. Geh jetzt, Slucca, geh ruhig.«

Er hatte es nicht einmal für nötig gehalten, mich der Dame vorzustellen. Sie war zaundürr, hatte pechschwarzes, zu einem strengen Knoten nach hinten gezurrtes Haar wie eine Ballerina an der Scala, und zwei glitzernde Kugeln baumelten an ihren Ohrläppchen. Und schon hatte sie Onorevole Riccomagno unter den Arm genommen und ging eifrig redend mit ihm davon. Und ich fühlte mich gleich darauf wie ein Vogel von Mimma Malvolio ins Visier genommen, die von der Mitte des anschließenden Salons aus mit gühenden Augen wie aus zwei polierten Gewehrrohren auf mich anlegte. Ihr Kostüm aus rauhem, schwarzhaselnußbraun kariertem Stoff schien eigens für einen Jagdausflug gefertigt zu sein.

Der unschätzbare Vorteil dieser alten römischen Häuser mit ihren Zimmerfluchten ist der, daß man sie in einer Richtung um das ganze Geviert herum durchschreiten kann, oder, wenn man plötzlich Mimma Malvolio vor sich sieht, auch in der anderen. Ich brauchte nur auf dem Absatz kehrtzumachen und in der Creme oder im Zabaione unterzutauchen. So begann ich meinen Rundgang, ab und zu von asiatischen Dienern angehalten, die mir Tabletts mit Bonbons und Lakritze anboten, einem offenbar unerläßlichen Mittel zum Lösen der Zungen der Verbündeten, Feinde, Exfeinde, neuen dicken Freunde, Abtrünnigen, Abgespalteten und Wiederversöhnten. Ich versuchte, gewissenhaft meinen flächendeckenden Auftrag auszuführen, und memorierte dabei die Botschaft des alten Senator Portis für den Grafen. Schritt nach Schritt wiederholte ich *Integer vitae scelerisque purus*, ohne mir den Kopf zu zerbrechen, was das heißen mochte. Aber den Grafen mußte ich finden. Oder jemanden, der ihn kannte und ihn mir zeigen konnte.

Ich schonte mich nicht, ich machte mich an jeden Kreis heran, hüstelte, trat von einem Fuß auf den andern und fragte schließlich: »Entschuldigung, aber sind die Voraussetzungen jetzt gegeben oder nicht?« Die Atmosphäre war sehr gespannt, um nicht zu sagen kurz vor dem Kammerflimmern. Alle hatten eben das Handy in die Tasche zurückgesteckt oder zogen es gerade hervor. »Nein«, antworteten sie. »Fabiocchi hat jetzt klipp und klar seine Ablehnung bestätigt, daher sind die Voraussetzungen nicht gegeben.« Und wieder ein Grüppchen und wieder eine diplomatische Erkundigung. »Nichts zu machen. Percivalle hat sich hinter seiner Position verschanzt, er wird nie der Erpressung von Bazzecca nachgeben, die Voraussetzungen existieren nicht.« Und noch ein Salon mit Gobelins voller Pferde und Ritter und vor dieser Schlacht ein Herr mit Ohrring in schwarzem Seidenhemd und gelber Hose, umgeben von ehrfürchtigen Zuhörern. War er das vielleicht, der Graf?

Ich erkannte am Rand der Gruppe Onorevole Rava, der vor Jahren in einer rechten Regierung Vizeminister für Ausstattung und Einrichtung gewesen ist und immer weiß, was augenblicklich in der großen Welt vorgeht.

Nein, klärte Rava mich auf, das war Alfred Klick,

ein berühmter deutscher Fotograf, jetzt eingebürgerter Apulier, Spezialist für große Werbefeldzüge provokativen Charakters, jedes Foto ein Skandal. Beim letzten ging es um Kröten, eine Reihe von Herren mit Zylinder saß an einer langen Tafel, und jeder Herr zerlegte, lutschte oder kaute gerade voller Appetit einen rohen Krötenschenkel, -kopf oder -bauch. Es war die Kampagne, die eine neue Marke sehr bitterer Schokolade lancieren sollte. »Warum Kröten fressen, wenn es die Schokolade HERZ DER FINSTERNIS gibt?« So oder so ähnlich hieß, laut Onorevole Rava, der aggressive Slogan dazu.

Der berühmte Fotograf erklärte jetzt, wie er die Fresser gefunden hatte. »Wir haben einen Wettbewerb ausgeschrieben, zweitausend haben sich gemeldet, wir brauchten bloß noch auszusuchen.«

»Aber waren die Kröten denn echt?« fragte eine Dame.

»Und ob, das wäre ja noch schöner, ich lege immer größten Wert auf absoluten Realismus. Ich hatte mir zwei Kästen aus Australien schicken lassen, aber die waren zu groß, und schließlich habe ich urige italienische Kröten genommen, aus der Gegend um Vercelli. Natürlich hatte ich dann sofort den Verein der Freunde der Kröten am Hals, die mich wüst beschimpften. Wie gewöhnlich haben sie die Antiphrase in der Bildaussage überhaupt nicht gesehen.«

»Und die wäre?«

»Das Mitleid, das diese armen, roh verspeisten Tierchen einflößen, bewirkt einen enormen Sympathiezuwachs nicht nur für Kröten, auch für Frösche.«

»Aber entschuldige, Alfred, ich finde«, sagte eine andere Dame, »also ehrlich, ich finde dein Bild einfach nur eklig, und das in Verbindung mit einer neuen Schokolade, also hör mal ...«

»Siehst du?« erwiderte Alfred friedfertig. »Auch dir entgeht völlig die antiphrasistische Pointe meiner Arbeit. Der Ekel, das Abstoßende sind wesentliche Anstöße für den Mechanismus der Naschhaftigkeit. Ganz abgesehen davon, daß meine Botschaft auch eine hohe Valenz im Sinne der Solidarisierung hat.«

Alfred erklärte nun die unterschwellige Beziehung zwischen dem Namen der Schokolade, einem eleganten Joseph-Conrad-Zitat, das Afrika mit seinen Millionen unterernährten Kindern evoziert, und den antiphrasistischen Herren mit Zylinder, die auf ironische Weise für die bulimische Gier des westlichen Neokolonialismus stehen sollen usw. usw. Interessant, aber den Zwecken meines Forschungsauftrags kaum dienlich, und daher ging ich weiter in den nächsten Salon, der völlig unmöbliert war.

Der Fußboden aus polychromem Marmor war nämlich mit einem dichten Netz von Gleisen bedeckt, auf denen Modelleisenbahnen jedes Typus herumfuhren, Orientexpress, lange Güterzüge, Viehwagen mit Hakenkreuzen, Plattformwagen mit kleinen Autos darauf, Westernwaggons, Bummelzüge. Es gab auch Tunnel, kleine Bahnhöfe, Bahnschranken, eine Unmenge Weichen und Signale, und ein Mann in Jeanshemd und weißer Wolljacke kniete auf einem damastüberzogenen Schemel und steuerte all diese verworrene Betriebsamkeit mit den Tasten eines großen blinkenden Schaltbretts, das vor ihm auf dem Boden plaziert war. Unter den vielen Zuschauern, die mit dem Rücken an den Gobelins standen, erkannte ich Onorevole Fava, der vor Jahren in einer linken Regierung Staatssekretär für Sozialentwicklung gewesen ist und das Goldene Buch des italienischen Adels auswendig weiß.

»Ist das vielleicht zufällig der Hausherr?« fragte ich ihn. »Ist das der Graf? Ich muß ihm eine Botschaft von Senator Portis ausrichten.«

»Er ist kein Graf, er ist Marchese. Aber er ist tatsächlich der Hausherr, in dem Sinne, daß er der Ehemann der Firstdomina ist.«

Er sagte das im Flüsterton, aber mit allergrößter Selbstverständlichkeit, als wäre der gemeine Spitzname eine normale Berufsbezeichnung, die man mit dem Doktordiplom erwirbt, wie Orientalistin oder Dermatologin. Und sie stellte diesen Leuten Salons und Lakritze zur Verfügung, damit sie nach Herzenslust über die Voraussetzungen sprechen konnten!

»Aber was macht dieser Ehemann denn so?«

»Keine Ahnung, ich weiß nur, daß er dieses Hobby mit den Modelleisenbahnen hat, seine Sammlung ist eine der bedeutendsten Italiens. Weißt du, daß der Minister für Verkehr und Transportwesen öfter zur Beratung hierherkommt?«

Ich konnte den Minister verstehen. Dieses Geflecht bunter Züge, die dahinrasten, sich kreuzten, langsamer wurden, dicht nebeneinander herfuhren, ohne je zusammenzustoßen oder zu entgleisen, war ein großartiges Schauspiel, das *en miniature* an die Bewegungen der Himmelskörper erinnerte. Ohne die Augen von diesem Spiel von hoher Symbolkraft abzuwenden (was unmöglich gewesen wäre), schlich ich vorsichtig die Wände entlang bis zu dem knienden Virtuosen, der ganz auf sein Schaltbrett konzentriert war. Er bewegte die Finger wie ein inspirierter und technisch unfehlbarer Pianist. Ich kauerte mich neben ihn und raunte ihm ins Ohr: »Marchese, ich hätte Ihnen etwas von Senator Portis auszurichten, er hat mir aufgetragen, Sie an den Satz zu erinnern: ›*Integer vitae* ...‹«

Der Marchese drehte ein Auge zu mir hin, nur eins, und für den Bruchteil einer Sekunde blieb seine Fingerkuppe auf einer Taste haften, auf einer einzigen, das schwöre ich. Aber das genügte. Drei Tankwaggons hielten plötzlich an, ein vielleicht ganz leicht verfrühter Pendlerzug fuhr auf sie auf und stürzte auf das Nebengleis, wo eine alte Dampflokomotive daherpuffte (natürlich ohne Dampf). Es war, als wohnte man *en miniature* dem Untergang des Römischen Reiches bei. Die blitzartige Serie der Entgleisungen schloß Trotzkijs Panzerreisewagen ein, einen mexikanischen Zug, den amerikanischen Interkontinental, 20. Jahrhundert, einen Settebello, zwei Luftabwehrzüge mit ihren auf die Freskendecke gerichteten Kanonen, und hintereinander alle anderen. Ein absolutes Chaos, Rädchen drehten sich tragisch im Leeren, Alarmglöckchen klingelten, wahnsinnig gewordene Schranken gingen auf und zu, schrilles Pfeifen erscholl, Minisirenen fiepten.

Der Marchese verlor seinen Aplomb. Statt einfach das ganze Schaltbrett abzustellen und mir, meinetwegen auf englisch, zu sagen, der kleine Zwischenfall sei völlig unbedeutend, attackierte er mich. Mit einem wütenden Handschlag stieß er mich weg und schrie: »Wer sind denn Sie, was wollen Sie? Sehen Sie, was Sie hier angerichtet haben!«

»Wer soll das schon sein?« bemerkte eine schneidende Stimme hinter uns. »Das ist Slucca, Migliarinis gedungener Killer!« Wie eine gewaltige schwarzhaselnußbraun karierte Säule ragte Onorevole Mimma Malvolio über uns auf. Sie zog mich hoch. »Verschwinde hier, Slucca, mach eine Fliege!«

»Aber ich sollte doch ... Der alte Portis hat mir doch ...«

»Laß gut sein, Slucca, für dich sind hier keine Voraussetzungen gegeben. Geh jetzt, geh mit Gott, hau ab!«

An diesem Punkt konnte mein offizieller Forschungsauftrag als beendet angesehen werden. Ich schnappte mir von einem Tablett ein Glas Wasser und durcheilte Salon für Salon und Salönchen den Rest des Gevierts, bis ich Migliarini wiederfand, der in der Nähe der Eingangstür stand. Er hob fragend das Kinn, und ich machte mit dem Finger das Zeichen für nein. Darauf löste er sich aus seiner Gruppe und trat zu mir. Er lutschte Lakritze und hatte etwas geschwärzte Lippen.

»Also hör, Slucca«, sagte er geheimnisvoll flüsternd, »jetzt sag ich meinem Fahrer Bescheid und schicke dich zu der anderen, vielleicht wissen sie dort etwas Neues über die Voraussetzungen.«

»Was für eine andere denn? Wer?«

»Schhhht!« Ein Spray Lakritze. »Keine Namen, um Gottes willen, sie sind Erzfeindinnen.« Er rief per Handy seinen Fahrer und schob mich zur Tür.

»Aber müßte ich mich nicht wenigstens verabschieden?«

»Du kommst ja dann wieder, um mir zu berichten. Los, Slucca, laß uns jetzt nicht weitere Zeit verlieren.«

Ich stieg die dämmerige Treppe hinunter, und auf halbem Weg, vor einer eingemauerten Steintafel mit zerbrochenem Rand, stieß ich fast mit Vasone zusammen, der keuchend heraufkam.

»Wo rennst du denn hin?«

»Ich weiß es nicht, Migliarini schickt mich zu einer, die die Erzfeindin von der da ist.«

»Ah, das ist sicher die Firstdoofy, von dort komme ich gerade. Und hier bei der Firstdomina, wie ist die Stimmung?«

»Die Voraussetzungen sind nicht gegeben.«

»Aber auch dort hat keiner eine Voraussetzung gesehen!«

»Und was sollen wir jetzt machen?«

Wir blieben stehen und betrachteten die alte Marmortafel, die dicht von verwitterten Lettern bedeckt war: C X L M D, vielleicht die Botschaft eines Konsuls an einen Senator vor zweitausend Jahren.

»Böh, hör mal, ich habe einen informellen Erkundigungsauftrag und muß ihn irgendwie zu Ende bringen«, seufzte schließlich Vasone. »Ich gehe jetzt trotzdem rauf, wir sehen uns dann zu Hause.«

Ich ging zu dieser Firstdoofy (eine zweifellos von der Firstdomina in Umlauf gesetzte Gemeinheit), aber ich habe sie nicht einmal gesehen, denn als ich vor den erleuchteten Fenstern einer Villa in Parioli austieg, kam Senator Portis heraus. Er sah mich, schwenkte seinen Stock durch die Luft und schrie: »Sie sind da, sie sind da!«

»Wer ist da, was ist da, Herr Senator?«

»Die Voraussetzungen doch, was denn sonst? Und nicht nur das, sie sind objektiv. Die ob-jek-ti-ven Voraussetzungen sind gegeben!«

Er war völlig euphorisch. Auch er hatte Lakritze gelutscht, und die Worte flossen ihm süß über die speichelglänzenden Lippen.

»Es ist eine große Anstrengung der Wiederannäherung gemacht worden, eine Anstrengung, auf die ich schon lange gehofft hatte, und jetzt erkennen alle mit großem Verantwortungsgefühl an, daß die Voraussetzungen gegeben sind. Gehen Sie, Slicco, gehen Sie sofort zum Grafen und sagen Sie ihm, er möge den Champagner entkorken lassen, hier wird schon angestoßen. Ich komme dann später nach, um ihn zu umarmen.«

Marchese, nicht Graf. Slucca, nicht Slicco. Das hätte mir zu denken geben müssen. Ich aber dachte nichts, sondern sagte dem Fahrer, er solle mich zurückbringen zur Firstdomina. Ich sprang geradezu die Treppe hinauf, übermittelte Migliarini inmitten der dichtesten Creme die Nachricht. Migliarini legte mir beide Hände auf die Schultern, die Aufregung war auf dem Höhepunkt, strahlend bahnte sich die Dame des Hauses einen Weg auf uns zu. »Aber wie hast du das erfahren, Slucca?«

»Äh, ich war doch da bei ... der anderen, und dort habe ich gleich am Eingang ...«

Die Dame des Hauses knipste ihr Lächeln aus, ihre Züge drückten jetzt abgrundtiefe Verachtung aus. Sie sah Migliarini an, als habe sie Catilina vor sich.

»Wer hat es dir gesagt?« drang Migliarini in mich. »Bist du wirklich sicher?«

»Senator Portis, der gerade dort herauskam, hat es mir versichert. Er hat gesagt, es habe eine Wiederannäherung gegeb ...«

»Portis? Der alte Portis?«

»Ja, er hat mir aufgetragen, hierher zum Grafen zu eilen, damit er schon mal den Champagner entkorke, denn mit großem Verantwortungsgefühl ...«

»Hat er gesagt, du sollst es dem Grafen ausrichten?«

»Ja, auch wenn der Graf ...«

»Aber um Gottes willen, Slucca, das ist doch Graf Sforza! Er hat von Graf Carlo Sforza gesprochen, dem Außenminister von vor einem halben Jahrhundert! Weißt du, wo der alte Portis lebt?«

»Nein, aber ist er denn nicht unser historisches Gedächtnis?«

»Eben, Slucca, eben! Er lebt mit de Gasperi, Adenauer, Togliatti, Nenni, de Gaulle, Stalin! Er lebt immer noch mitten in der Krise von damals, Slucca, er ist bei den Voraussetzungen von 1949 oder 1954 oder 1962 stehengeblieben. Von dem, was heute passiert, hat er nicht den geringsten Schimmer!«

Dem nun folgenden dichten Schweigen, in dem sich halbe Jahrhunderte, ganze Jahrhunderte, Jahrtausende der Geschichte zusammenballten, machte das dreckige Grinsen Mimma Malvolios, meiner Zeitgenossin, ein Ende. »Na, bravo, Slucca! Gratuliere!«

Und dann fand ich mich auf der Treppe wieder, vor dieser Steintafel. Vasone hatte mich weggeschleppt.

»Aber was sollte bloß diese Botschaft ›*Integer vitae scelerisque purus*‹ bedeuten?«

. »Ich kann kein Latein, ich war nicht auf dem Gymnasium, ich bin direkt vom Kinderhort ins Parlament gekommen«, sagte Vasone.

Wir machten einen langen Fußmarsch heim nach Monteverde Nuovo, und kaum waren wir da, bekam Vasone einen Anruf vom Sprecher seines Chefs, Onorevole Cirelli. Die Voraussetzungen waren gegeben, endlich! Und sogar objektiv. Alle hatten sich auf ihr Verantwortungsgefühl besonnen, und alles war wieder in Ordnung.

Ein paar Tage lang nannten mich einige aus unseren Kreis witzig »Graf Slucca«, aber sie hörten bald wieder damit auf, der Witz hatte ausgedient. In einer Eisdiele ganz in der Nähe von Montecitorio bin ich dann Senator Portis über den Weg gelaufen. Er ließ sich gerade eine Eistüte mit Pfefferminz-Vanille-Nutella machen und erkannte mich sofort wieder. »Wie geht es, Slecchi?«

Ich habe ihn nach diesem lateinischen Satz gefragt, aber er wußte nicht mehr genau, wer ihn geprägt hat oder warum, vielleicht hatte Cäsar ihn Pompeius übermitteln lassen, oder Churchill Bismarck.

»Was wollen Sie«, sagte er nach dem ersten genüßlichen Lecken, »mein Gedächtnis ist nicht mehr so gut wie früher, lieber Slacco.«

HEIL SLUCCA!

»DER KONSENS, SLUCCA«, sagte Onorevole Migliarini
mit träumerischem Blick auf die lange Touristen-
schlange, die geduldig vor der Galleria Borghese an-
stand, »der Konsens ist in der Politik alles.«

Wir saßen auf einer zufällig gewählten Parkbank,
fern von eventuellen Wanzen oder anderen Geräten
der häuslichen Überwachung, und Migliarini sprach
rückhaltlos.

»Nun bist du, Slucca«, seufzte er, »freilich nicht
Paolina Bonaparte, das steht fest. Ich sage ja nicht, daß
du dich – nackt oder bekleidet – auf einem Diwan aus-
strecken solltest, denn so wie für die da drüben würden
sie für dich sowieso nie Schlange stehen, dafür, nimm's
mir nicht übel, fehlt dir einfach das Potential. Ich meine
das nur so als Beispiel, verstehst du?«

Mich begeisterte das als Beispiel nicht übermäßig.
Seit meiner Gymnasialzeit habe ich immer gehört,
Canovas Bildhauerkunst sei kalt, und abgesehen von
meinem Potential glaube ich nicht, daß ich, mal angenommen, es gäbe eine solche Gelegenheit, ausgerechnet Paolina sein wollte. Schön, aber unbestreitbar
kalt. Wenn schon – die Neoklassik soll mir das nicht
verübeln –, dann doch lieber gleich die Antike, die

Venus von Milo zum Beispiel, oder die Göttin Aphrodite. Aber jedenfalls war das ein rein hypothetisches Projektoutline ohne konkrete Aussichten, und so schwieg ich.

»Niemand verlangt von dir, Slucca«, hob Migliarini wieder an, »daß du eine Schar faszinierter und applaudierender Bewunderer anziehst. Aber dazwischen und der Kunst, sich die Empörung einer alles andere als wohlgesinnten Menge zuzuziehen, ist doch noch ein Unterschied, das mußt sogar du zugeben.«

Immer wieder kam er auf die unglückselige Episode mit dieser Umgehungsstraße zurück, er konnte es einfach nicht auf sich beruhen lassen. Und was hätte denn *ich* sagen sollen, dem dabei der dunkelgraue Zweireiher mit fast unsichtbarem rotem Nadelstreifen draufgegangen war?

»Aber die Aussichten auf einen Massenkonsens waren von vornherein äußerst gering«, verteidigte ich mich noch einmal. »In anderen Worten: Ich war doch apriorisch schon aufgeschmissen. Und das habe ich dir auch gesagt.«

Migliarini bohrte den Absatz in den Kies. »Spiel mir jetzt nicht den billigen Unglückspropheten, Slucca, ich bitte dich. Ich kann die Typen nicht leiden, die einem immer mit diesem ›ich habe es dir gesagt‹ kommen, vor allem, wenn sie nicht imstande waren, in den Lauf der Ereignisse einzugreifen und ihn zu ihren Gunsten zu verändern.«

»Und bitte wie denn, entschuldige mal?« protestierte ich. »Die waren drauf und dran, mich zu lynchen, und du kommst mir mit Paolina Bonaparte.«

Er hatte mich zu dieser risikoreichen Einweihung in eine Ortschaft der Drei Venetien geschickt, und schon bei dem Wort »Einweihung« hatte ich keinen Hehl aus meinen Zweifeln gemacht. »Man kann doch dabei nicht von Einweihung sprechen, diese Umgehungsstraße ist doch nie fertiggestellt worden, sie endet im freien Feld, der Bau stagniert, da gibt es kein Band zum Durchschneiden.«

»Aber du bringst eine in höchstem Maße positive Botschaft, Slucca, die Bevölkerung dort hat schon alles Vertrauen, alle Hoffnung verloren. Die Fertigstellung der Umgehungsstraße war erst in fünf Jahren vorgesehen, und das sind nicht wenige Jahre. Aber du kommst jetzt mit der guten Nachricht: Der Aufschub wird nicht fünf Jahre dauern, sondern nur achtzehn Monate. Eine verbindliche, formelle, feierliche Zusage, die eine Zeremonie auf inaugurativer Ebene verdient. Fahr ganz ruhig hin, Slucca, du wirst der lebendige Beweis dafür sein, daß Rom sie nicht vergessen hat.«

Als ich mit dem Vizebürgermeister und einem Teil des Gemeindeausschusses an der Stelle ankam, wo sich der Asphalt der halben Umgehungsstraße in den Stoppelfeldern verlor, war da bereits eine schweigende Menge in, so schien es mir, ehrerbietiger Haltung versammelt. Auf Menschenmengen, auf Massen verstehe ich mich allerdings nicht besonders gut, ich habe nie von einem Balkon oder einem Podium aus gesprochen, und meine Einweihungsreden sind, abgesehen davon, daß die Mikrophone, die man mir vor die Nase stellt, meistens nicht funktionieren, immer äußerst kurz und im Wortlaut sehr ähnlich. Das Publikum, an das ich mich wende, besteht aus sitzenden Menschen, die nicht einmal die Beine übereinanderschlagen: aus dem Pfarrer, manchmal auch dem Bischof, den Offizieren der Karabinieri, Lehrern, Gemeinderäten oder Beamten der Provinzverwaltung nebst Gattinnen, Schwestern, Schwägerinnen und Kindern. Garantierter Konsens, ein Sonntagsspaziergang.

In Abwesenheit des Bürgermeisters, der sich mit weiteren zweihundertfünfzig Bürgermeistern auf einer Tagung in Venedig befand, die von einer Betongenossenschaft unter dem Titel *Beton: ein halbes Jahrhundert der Verleumdungen* veranstaltet wurde, ergriff als erster der Vizebürgermeister das Wort. »Liebe Mitbürger ... (ein erster schüchterner Pfiff ertönte), wir sind hier vor dieser halben Infrastruktur versammelt ... (weitere vereinzelte Pfiffe), um mit der großzügigen Herzlichkeit, die eine Tradition unserer Lande ist ...(drei oder vier nicht besonders gelungene furzähnliche Geräusche mit dem Mund), den glaubwürdigen Überbringer einer lange erwarteten Nachricht zu begrüßen: Onorevole Aldo Slucca hat uns persönlich beehrt, um ...«

Bis zu diesem Augenblick war die Störungsrate bescheiden, eine irrelevante peripherische und schlecht organisierte Minorität, die ihrem Temperament Luft machte, wie das bei jeder beliebigen öffentlichen Veranstaltung vorkommt. Junge Leute, dachte ich, und in bezug auf das Problem der Jugend und ihrer Triebe hat unsere Partei immer einen höchst verständnisvollen Standpunkt eingenommen. »Die Jugend, Slucca«, erinnert Migliarini mich oft, »ist unsere Hoffnung auf eine bessere Gesellschaft, in die Jugend müssen wir investieren, nicht in den asiatischen Börsenmarkt. Ich will mich gewiß nicht als Beispiel hinstellen, aber es ist eine Tatsache: Wenn ich in meiner Jugend nicht Menschen gefunden hätte, die trotz allem an mich geglaubt haben, wäre ich heute vielleicht höchstens Fernsehkritiker bei einer Provinzzeitung oder Koch in einem *fast food* oder auch – ich will nichts ausschließen – Zuhälter von zwei, drei ukrainischen Prostituierten. Ist das Konzept damit klargeworden?« Dieses allerdings als alternativ zu bezeichnende Konzept, nämlich daß wir im Hinblick auf eine bessere Gesellschaft zwei Millionen kleiner Migliarinis aufziehen und ermutigen sollten, schien mir nicht ganz das zu sein, was man gemeinhin konsensträchtig nennt, aber die vereinzelten jugendlichen Pfiffe auf der aufgelassenen Baustelle hatten mich nicht besonders beunruhigt.

Als jedoch der Vizebürgermeister meinen Namen nannte, gab es plötzlich einen Qualitätssprung, und zwar einen der schlechten Sorte. Es erhob sich ein Chor, der eines demokratischen und zivilen Landes unwürdig war, Gebrüll, Beschimpfungen, obszöne Geräusche, und einen Augenblick später hagelte es auch schon Eier, Erdschollen, Gemüse im Zustand fortgeschrittenen Verfalls, Getränkedosen und Plastikflaschen, zum Glück leer, Käserinden, Kartoffelschalen, das alles unter Spritzern von H-Milch. Kurz, es war ein beeindruckender Zusammenfluß von unsortierten Abfällen. Meine Überraschung war so groß, daß ich eine gute halbe Minute wie gelähmt dastand, ein leichtes Ziel für diese Werfer, unter denen nicht nur Jugendliche waren, sondern Leute jeden Alters, Frauen, Kinder, alle gleichermaßen aufgebracht und einem verantwortungsvollen Dialog unzugänglich. Ich hatte keine Wahl: Mir blieb nur ein Sprung durch die herumfliegenden Apfelschalen und -butzen an Bord des Autos des Vizebürgermeisters, und nichts wie weg.

»Doch, du hattest eine Wahl, Slucca. Du hättest die Situation wieder unter Kontrolle bekommen können und müssen«, sagte Migliarini anklagend.

»Und wie denn, bitte, entschuldige mal? Die dort waren schon näher gerückt, die suchten die physische Auseinandersetzung. Da war eine Alte mit verrutschtem Gebiß, die ist mit einer Packung verdorbener Béchamelsoße dahergelaufen und hat gebrüllt: ›Das ist für dich, Slucca!‹ Sie hat mich an der Schulter erwischt, und ich garantiere dir, die konnte man nicht wieder unter Kontrolle kriegen, so eine nicht!«

»Eine traditionelle Gestalt aus dem Volk, Slucca«, minimierte Migliarini, »ich würde sagen: eine historische Gestalt; die klassische *poissarde*, das Fischweib der Französischen Revolution, immer vorneweg, bei jedem Auflauf. Du brauchst nur ihren Konsens zu gewinnen, und die Menge wird folgen. Ein Danton hätte die Situation in fünf Minuten umschlagen lassen.«

Aber warum hatte Danton dann, mit allem Respekt gesagt, den Karren, der ihn zur Guillotine fuhr, nicht umschlagen lassen?

»Als erstes, Slucca, muß man sich eine erhöhte Position suchen, auch wenn man improvisieren muß.

Du hättest auf einen Steinhaufen springen können, auf eine leere Kiste, was weiß ich, und schon hätten die auf dich gehört.«

»Aber dort war nur eine verrostete Betonmischmaschine, mit mir obendrauf hätte die zu schaukeln angefangen, ich hätte das Gleichgewicht verloren.«

»Du hättest auf das Auto des Vizebürgermeisters klettern können, wie Tribunen, Generäle, Volksführer es so oft getan haben, und von dort hättest du dann deine Rede gehalten.«

Er sprang auf die Bank und hob den Zeigefinger: »Mitbürger, Freunde, Römer, hört mich an! Begraben will ich Cäsarn, nicht ihn preisen!« deklamierte er in einem Ton, der, mit allem Respekt gesagt, eher einer Versammlung von Straßenbahnern als dem Drama von Shakespeare angemessen war. Doch er war nun einmal in historisierender Stimmung, erst Paolina, dann Danton, jetzt Cäsar und Antonius. Ein Hund blieb mit witternd erhobener Nase stehen, eine junge Frau im Joggingdreß verlangsamte ihren Lauf, und er setzte sich wieder neben mich.

»Verstehst du, was ich sagen will, Slucca?«

»Aber die wollten *mich* begraben, ich sage dir, es waren alle Voraussetzungen fürs Lynchen gegeben.«

»Die Menge ist wankelmütig, Slucca, die Masse ist launisch. Wenn der Redner ...«

»Aber ich bin nicht Antonius, ich bin kein Redner! Die schönsten Augenblicke meines parlamentarischen Lebens sind die, wenn ich im Plenarsaal bei der Abstimmung einfach nur sagen muß: ›Ich enthalte mich‹!«

Migliarini musterte mich nachdenklich, schweigend.

»Ich weiß, Slucca, ich weiß, du hast deine Grenzen, wie wir alle. Ich selbst bin auch kein Redner, ich reiße nicht mit, ich entflamme nicht; wenn man dich eines Tages auf der Spanischen Treppe erdolchen würde, hätte ich echte Schwierigkeiten, zu deinem Gedächtnis zu sprechen, das gebe ich zu. Aber du operierst in direktem Kontakt zum Volk, zur Gesellschaft, du kannst dir nicht erlauben, dermaßen die Kunst der Konsensherstellung zu ignorieren. Cicero hätte sich nie von einer schlechtgewordenen Béchamelsoße aus dem römischen Senat jagen lassen.«

»Aber am Schluß hat er sich den Kopf abschneiden lassen, mit allem Respekt gesagt, oder etwa nicht?«

»Niemand verlangt so viel von dir, Slucca, und außerdem fehlen heute die objektiven Voraussetzungen für so etwas.«

»Gott sei Dank.«

»Aber du kannst besser werden, Slucca, du kannst wenigstens die Rudimente der Massenpsychologie erlernen: Wie man mit der Menge kommuniziert, wie man in einem vollen Saal seine Persönlichkeit durchsetzt, wie man, zum Beispiel, einem Stadion den Konsens entreißt. Mit dem Fernsehen, das dafür das ideale Vehikel wäre, stehst du nicht gerade auf gutem Fuß, das wissen wir, aber . . .«

Im vorigen Jahr hatte er einmal wegen eines plötzlichen Grippeanfalls mit hohem Fieber das Bett hüten müssen und deshalb im letzten Augenblick mich geschickt, um ihn bei einer Talkshow über das Problem der Reformen zu vertreten. Für mich war es das erste Mal, und ich fühlte mich ziemlich unwohl. Außer mir waren in dieser Runde Onorevole Bazzecca, Experte für institutionelle Probleme, Onorevole Fabiocchi, Experte für konstitutionelle Probleme, Onorevole Diton, Experte für allgemeine Probleme, ein Journalist, eine blinde Hausfrau, der Großvater eines Drogenabhängigen und ein Exmittelstürmer des FC Parma, alles Leute, die sich auskannten, die redeten wie geschmiert, die präzisierten, erwiderten, voraussetzten, ihrer Hoffnung Ausdruck gaben, Statistiken verlasen. Gemeinsam hatten sie eine Formel, die mein Untergang werden sollte. »Das ist nicht das Problem, in Wirklichkeit liegt das Problem anderswo«, sagten sie alle zur Eröffnung und am Schluß ihrer Beiträge. Ich strengte mich gewaltig an, mitzubekommen, welches das Problem nun eigentlich war, das von Beitrag zu Beitrag immer wieder anderswo lag, aber die starken Scheinwerfer, die Hitze, der unbequeme Sessel, die durcheinandergehenden Stimmen setzten mir zu und machten mich etwas benommen.

Als der Moderator sich schließlich an mich wandte, sagte auch ich, um auf Nummer Sicher zu gehen, sofort, daß das nicht das Problem sei, daß in einer wirklich demokratischen Gesellschaft jede gesellschaftliche Gruppe ohne Ausnahme Anspruch auf eine Vertretung auf kommunaler und regionaler Ebene habe und bei den Plänen der urbanistischen Entwicklung, den großen kommerziellen Projekten und sogar auch bei der Gestaltung des Lehrplans in den Schulen zur Mitsprache herangezogen werden müsse. Kurz, ich gab der Hoffnung auf volle konzertierte Zusammenarbeit Ausdruck, auf flächendeckende Mitwirkung.

Darauf folgte jenes mir leider nur allzu bekannte Schweigen, das entsetzte Ungläubigkeit anzeigt. Der Moderator faßte sich als erster wieder. »Aber dann, Onorevole Slucca«, zischte er mit zusammengekniffenem Mund wie bei gewissen Vertrauensvoten, »dann schlagen Sie im Grunde die volle Mitwirkung der Mafia an der Verwaltung des nationalen Territoriums vor!«

Ich war drei Probleme zurück. Ich hatte gedacht, die Diskussion ginge noch um illegale Einwanderer, um ausgegrenzte ethnische Minoritäten, um arbeitende Mütter, und dabei waren sie inzwischen, von einem anderswo liegenden Problem zum nächsten, beim Problem Mafia angekommen. Ich versuchte, das Mißverständnis aufzuklären, aber das Unglück war passiert, und der Moderator gab mir in der verbleibenden Sendezeit (zwei Stunden) nicht mehr das Wort. Am Schluß verließen alle Teilnehmer auf merkwürdigen Umwegen das Studio, nur um mich zu meiden.

Migliarini reagierte sehr verständnisvoll, muß ich sagen. »Sogar mir, Slucca, sind schon Versehen im Fernsehen passiert. Einmal bei einer Talkshow über Vergewaltigung, wenn ich mich richtig erinnere, oder vielleicht war das Thema auch das dritte Jahrtausend, jedenfalls vor fast drei Millionen Zuschauern habe ich einem Rocksänger zu seinem letzten Album gratuliert, aber es war ein Bischof. Was willst du, er hatte auch so eine dunkle Jacke an, so eine silberne Kette um den Hals, so ein leidendes Gesicht, das gleiche Alter, denn

diese Rockstars sind ja jetzt alle um die Sechzig ...
Zum Glück hatte der Mann Humor, er streckte mir
spontan den Ring zum Küssen hin.«

Das Fernsehen sei eben tatsächlich voller Fallen und
Fußschlingen, bestätigte mir Migliarini auf der Parkbank der Villa Borghese, und außerdem hätte ich nicht
den *physique du rôle*, oder, genauer gesagt, der *physique*
sei eben, wie er sei, aber welcher *rôle* möglicherweise
dafür in Frage komme, das übersteige die menschliche
Vorstellungskraft.

»Aber wenn die Menge anwesend ist, wenn sie dich
lebendig und warm umgibt und nur darauf wartet,
sich manipulieren zu lassen, dann müßtest auch du
eine Chance haben, es handelt sich einfach darum, ein
wenig daran zu arbeiten, die geeigneten Techniken zu
studieren.«

»Und bei wem? Bei Cicero? *Chez* Demosthenes?«

Migliarini lächelte geduldig. »Slucca, du kennst
doch bestimmt Frau Doktor Danieli ...«

Vom Sehen und Hörensagen ja, aber nicht persönlich. Sie leitet ein Zentrum für psychoparlamentarische Therapie am Mellini-Ufer, das viele von uns auf-
suchen. Sie wendet innovative, nonkonformistische
Methoden an und kämpft seit Jahren für die Aufnahme der Politik in die Reihe der vom Gesundheits-
ministerium anerkannten krankmachenden Tätigkei-
ten. Eine zierliche, energiegeladene Frau mit einer
bemerkenswerten Schnabelnase, über die sich sogar
Vasone anerkennend äußert. »Wer auch immer dafür
ist, daß ein Politiker einem Asbestfasern ausgesetzten
Bergmann gleichgestellt wird, hat meine Hochach-

tung«, sagt er. »Die Schäden sind gleichermaßen irreversibel.«

»Ja, ich weiß, wer das ist«, sagte ich zu Migliarini.

»Eine außergewöhnliche Frau, Slucca, ich selbst gehe zweimal im Jahr dorthin, um mit den Spiegeln in Übung zu bleiben.«

»Mit was für Spiegeln denn?«

»Auf dem Dachboden hat die Danieli eine Spiegelgalerie eingerichtet, einen ziemlich engen Gang aus lauter Spiegeln, in dem man fechten muß. Ich will ja nicht angeben, aber ich winde mich da mit meinem Degen durch wie ein Wiesel, während der arme Percivalle beim Ausweichen immer mit dem Hintern aneckt und das Glas zerdeppert, er ist einfach nicht begabt.«

»Aber auch ich bin nicht fürs Spiegelfechten begabt. Allein bei der Vorstellung, einen Degen in die Hand zu kriegen, fange ich an zu zittern.«

»Ich weiß, Slucca, ich habe das nur erwähnt, um zu erläutern, daß die Danieli eine spezifische Technik für jedes Problem hat, und dein Problem heißt ›Konsensdefizit‹. Sie wird auch für dich eine Strategie finden, du solltest dich einmal mit ihr unterhalten.«

Am Ton seiner Stimme wurde mir klar, daß er schon alles arrangiert hatte. »Hast du schon alles arrangiert?«

»Ja, sie erwartet dich übermorgen um 15.30 Uhr zur ersten Sitzung. Es ist eine Leistung, auf die du als Parlamentarier Anspruch hast wie aufs Haareschneiden oder auf Massagen, du bekommst achtzig Prozent der Kosten erstattet. Es lohnt sich, einen Versuch zu machen, Slucca, geh da ruhig hin.«

Zu Hause hat Vasone mich ein bißchen ermutigt, als er mich an den Fall von Onorevole Pocopane erinnerte, der zur Mehrheit gehörte, aber wenn es zur Abstimmung kam, einem unbezähmbaren Zwang gehorchend, immer für die Opposition stimmte. Eine Perversion, die Frau Doktor Danieli brillant dadurch kurierte, daß sie ihn lehrte, auf den Händen zu laufen.

So ging ich schließlich hin, ohne mir allzu große Illusionen zu machen. Das Psychoparlamentarische Zentrum erstreckte sich über eine ganze, durch einen langen Korridor in zwei Hälften geteilte Etage. Die Wände waren blaßblau, die Türen türkis. Links waren die Türen numeriert, und rechts gegenüber lagen den Nummern entsprechende kleine Wartezimmer, um die *privacy* der Patienten zu wahren. Dasjenige, in das mich eine Assistentin in weißem Kittel führte, lag der Nummer 5 gegenüber und war mit historischen Umarmungen tapeziert: Ich erkannte das Foto des Liberalen Giolitti, der den Sozialisten Bissolati umarmt, Mussolini, der Vittorio Emmanuele III. umarmt, Stalin, der Trotzkij umarmt, Hitler, der Rommel umarmt. Die Absicht, die hinter diesen Fotos steckte, war mir nicht ganz klar, vielleicht einfach eine Aufforderung, sich trotz unvermeidlicher Divergenzen liebzuhaben, oder vielleicht sollten sie auch ausdrücken, daß in der Politik niemandem eine Umarmung verweigert wird, oder waren sie etwa als Beispiele für »Vorsichtsdefizite« gedacht?

Wie auch immer, bald erschien die Assistentin wieder, und während wir über den Korridor gingen, sah ich ganz kurz eine korallenfarbene Wolke, einen duftigen weiten Rock in einer Tür weiter hinten verschwinden, in der 9 oder 10. Wer konnte das sein? Ich dachte an Onorevole Palmucci, die der Vamp von Montecitorio genannt wird und die einmal mit nacktem Oberkörper (gar nicht übel) fotografiert wurde, wie sie ein Pferd mit einer Karotte fütterte. Nur stellte sich dann heraus, daß die Karotte politisch unkorrekt war, denn sie kam vom Landgut eines flüchtigen Camorra-Bosses und war von sich illegal in Italien aufhaltenden unterbezahlten Schwarzarbeitern geerntet worden. Die arme Palmucci, stellte ich mir vor, kam zu einer Therapie der Skandalüberwindung hierher, die vielleicht in der kontrollierten Anwendung von Gesichtsmasken aus ganz dünner *stone*-Masse bestand.

Doktor Danieli erwartete mich am Schreibtisch sitzend. Die elegante Designerbrille war ihr auf die Nasenspitze gerutscht, und darunter formten ihre Lippen ein süßliches Lächeln. »Sie sind hier, um zur Freundlichkeit zurückzufinden, nicht wahr, Onorevole?«

Sie drückte auf etwas in einer Schublade, und leise ertönte *Only you*, von den Platters gesungen.

»Ist Ihnen das als musikalischer Background angenehm? Oder hätten Sie lieber ein neapolitanisches Lied oder ein französisches Chanson wie zum Beispiel *Parlez-moi d'amour*?«

»Aber ich bitte Sie«, sagte ich etwas verdutzt, »das sind alles sehr schöne Lieder, aber mein ...«

»Ja, gewiß, ich verstehe, Ihr sentimentaler Knackpunkt liegt anderswo, ist es bei Ihnen vielleicht die *Internationale*? Oder ein Weihnachtslied?«

»Nein, es ist mein Problem, das anderswo liegt.«

Das süßliche Lächeln verschwand, die Brille rutschte wieder hinauf.

»Entschuldigen Sie, aber sind Sie nicht der, den der Finanzminister geschickt hat, der übrigens selbst mit ermutigenden Ergebnissen diese Therapie macht?«

»Nein, ich bin der, den Migliarini geschickt hat. Ich bin Slucca, Aldo Slucca.«

Die Frau Doktor beschäftigte sich einen Augenblick lang mit dem Computer auf ihrem Schreibtisch.

»Ach ja, da haben wir's. Slucca: Konsensdefizit.«

»Genau.«

Sie stellte die Platters ab, nahm die Brille runter, und ihre so entblößte Nase sah plötzlich aus wie das Ruderblatt eines Rettungsboots.

»Die grassiert, diese Sorte Defizit«, sagte sie, als spräche sie von einem Grippevirus. »Aber ist Ihres chronisch oder ist es noch ...? Erzählen Sie mal ein bißchen!«

»Es war ein ganz scheußliches Defizit, Frau Doktor.« Ich erklärte ihr die Sache mit der halben Infrastruktur.

»Und als der Vizebürgermeister meinen Namen ausgesprochen hat, war plötzlich die Hölle los.«

»Als gälte die Wut Ihnen. Ihnen als Slucca persönlich? Das könnte auch ein positives Symptom sein.«

»Vielleicht, aber mir ist das ganz unverständlich gewesen, denn ich war doch noch nie in der Gegend dort, ich habe keine Feinde in den Drei Venetien, niemand kennt mich. Und schließlich war ich der Überbringer eines feierlichen Versprechens, eines konkreten Engagements.«

Dr. Danieli ließ langsam den Finger über ihr Ruderblatt gleiten. »Sagen Sie mir, Onorevole, haben Sie einen Konflikt mit Ihrem Namen?«

»Wie meinen Sie das?«

»Betrachten Sie ihn als negativen Namen, als den Namen eines Verlierers? Würden Sie gern anders heißen?«

»Nein, ich glaube nicht.«

»Haben Sie sich je vorgestellt, nur so, als Tagträumerei, Sie hießen, sagen wir, Napoleon, Alexander der Große, Batman?«

»Nein, nie.«

»Nicht einmal als Kind?«

»Nein, als Kind mochte ich Goofy.«

Frau Doktor überlegte. In der Stille hörte man ein Krachen und Klirren über unseren Köpfen. Auf dem Dachboden mußte wieder einer wie Percivalle in die Spiegel gedonnert sein.

»Stehen Sie auf.«

Ich stand auf.

»Jetzt sagen Sie: Ich bin Slucca.«

»Ich bin Slucca.«

»Nicht so, das ist viel zu zögernd, das klingt ja wie ein Geständnis. Sagen Sie es mit mehr Überzeugung.«

»Ich bin Slucca!«

»Jetzt sagen Sie: Ich bin Slucca und will eine Karte für das Endspiel der Champions League.«

»Das hat keinen Sinn, das kriege ich nicht hin, ich gehe nie zu Fußballspielen.«

»Ich bin Slucca und will einen Parkettplatz für die *Falstaff*-Premiere in der Scala.«

»Du meine Güte, den bekäme ich nicht einmal für das Krippenspiel in einem Priesterkolleg!«

Frau Doktor meditierte ihrer Nase entlang. Oben krachte und klirrte es wieder zweimal, diese Spiegelfechter mußten die reinsten Elefanten im Porzellanladen sein.

»Für mich ist das völlig klar«, schloß Frau Doktor. »Sie haben ein Vertrauensdefizit in Ihren Namen. Wir müssen am Namen arbeiten.«

»Aber den kann ich doch nicht ändern! Und zudem habe ich mich an Slucca gewöhnt, ich achte gar nicht mehr darauf.«

»Aber Sie müssen auf ihn achten, Sie müssen lernen, ihn mit hocherhobenem Kopf zu tragen, als wäre er ein Banner, ein Schwert. Eines Tages stellen Sie sich ans Ufer des Roten Meers, rufen Ihren Namen, und die Wasser teilen sich, damit Sie hindurchschreiten können. Das ist Ihr *target*.«

»Aber auch eine Pfütze wäre für mich als *target* schon zu ...«

»Moses ist ein Spezialfall, das ist klar. Doch hier handelt es sich einfach darum, eine Tendenz zu invertieren, und ich darf sagen, was das Invertieren von Tendenzen angeht, habe ich schon weit komplexere Fälle gelöst als Ihren, Onorevole.«

Ich erinnerte mich an den Fall von Senator Castagneris mit seiner krankhaften, unschicklichen Manie, ständig und auf fast erotische Weise an seiner Pfeife herumzuspielen. Der Danieli war es nach verschiedenen Versuchen in anderen Richtungen gelungen, ihn auf seinen Pimmel umzuleiten, so daß Castagneris jetzt ganz ruhig mit den Händen im Schoß auf seinem Sitz saß und nur ab und zu die Linke (er ist Linkshänder) in seiner Hosentasche verschwinden ließ, um sich unauffällig, ohne den Senat der Republik zu stören, einer mehr als diskreten Herumspielerei zu widmen.

Und als die Frau Doktor mich am Arm nahm und zu einem kleinen schwarzen Ledersofa vor das in ein Bücherregal eingelassene Fernsehgerät führte, kam mir durch Gedankenassoziation ein schrecklicher Verdacht: Du wirst sehen, die zeigt dir jetzt einen Pornofilm, um dein Überwältigungsdefizit zu prüfen. Ich spürte die Bemühungen meines sowieso schon kleinen Prinzen, sich zurückzuziehen, völlig in der Bauchhöhle zu verschwinden. Aber zum Glück war es dann nur ein didaktisches Video, eine Montage verschiedener Filmstreifen.

»Zuerst einmal frischen wir kurz die Erinnerung an die großen Klassiker des Konsens auf«, sagte die Danieli ermutigend.

Und los ging's mit den großen Klassikern. Man sah eine riesige Menschenmenge in Schwarzweiß, die stumm Kaiser Wilhelm II. zujubelte. Dann kam eine weitere riesige und stumme Menge, die einem General zujubelte. Darauf, auch er mit seiner riesigen Menge, Lenin. Dann ein Papst, der Platz vor dem Petersdom gedrängt voller Zujubler. Ich blieb skeptisch, der Gap war zu groß, es war, als würde einem die *Ilias* als Vorlage empfohlen, wenn man eine Beschwerde an die Telephongesellschaft schreiben muß.

»Immer wieder beeindruckend, diese Momente, nicht wahr«, kommentierte Frau Doktor.

»Ja, aber solche Momente sind etliche Nummern zu groß für mich, dazu habe ich nicht das Potential«, widersprach ich.

»Und doch«, sagte sie, »ist an einem gewissen Punkt seines Lebens jeder dieser Männer ein Slucca gewesen, Onorevole.«

»Aber ich muß inzwischen längst über diesen Punkt hinaus sein.«

Es kamen weitere Klassiker, mit Ton. Eine riesige weißgekleidete Menge jubelte Gandhi zu. Man sah Stalin mit erhobener Hand, wie er seine Menge grüßte. Und natürlich Mussolini, der seine Menge auf der Piazza Venezia grüßte. Und Hitler nachts, in einem von gleißenden Scheinwerfern erleuchteten Stadion, der seinen ohrenbetäubenden Megakonsens genoß.

Ich blieb zurückhaltend, schüttelte den Kopf. »Das ist nichts für mich, Frau Doktor, das hat überhaupt nichts mit mir zu tun!«

Ich mußte schreien, um den Lärm zu übertönen.

»Konsense dieser Art«, schrie auch sie, »sind für niemanden mehr erreichbar, jedenfalls zur Zeit nicht! Ich gebe Ihnen doch nur ein paar charismatische Bezugspunkte!«

»Mir ist aber unwohl beim Charisma!«

Ich sah Hitler mit unendlich geringem Neid zu, ich dachte an meine mit Béchamelsoße bewaffnete *poissarde*.

»Lassen Sie sich nicht entmutigen, Onorevole!« schrie die Danieli. »Es ist wahr, es gibt heutzutage viele Konsensdefizite, und es wird immer neue und immer stärkere, immer unbezwingbarere geben. Aber ...« Sie stellte den Ton leiser. »Aber am Ende wird aus allen diesen Konsensdefiziten wieder eine Tendenzinversion entstehen, es wird ein Moment kommen, der wieder dem vollen, totalen, absoluten Konsens gehört. Und Sie müssen sich für diesen Tag bereithalten, Onorevole.«

Ich starrte auf Hitler, der jetzt stumm mit den Armen fuchtelte, und sagte: »Ich sehe mich da einfach nicht.«

»Andere werden sich da aber sehen, darauf können Sie Gift nehmen«, prophezeite die Danieli wissenschaftlich. »Und Sie, Onorevole, sollten in Ihren bescheidenen Verhältnissen ebenfalls auf diesen schicksalhaften Moment, auf diesen geheimnisvollen Klick hinarbeiten. Sie sind immerhin Slucca, vergessen Sie das nie. Für den Anfang stelle ich Ihnen jetzt die Aufgabe, diesen Namen zu tragen wie einen Wimpel, wenn Sie hier rausgehen. Sie werden die nächste Cafébar betreten und zu dem Mann hinter der Theke sagen: ›Ich bin Slucca und will einen Espresso!‹«

»Aber das ist doch nicht nötig, Espresso kriege ich immer, solange ich bezahle.«

»Aber so wärmen Sie die Muskeln Ihrer Persönlichkeit auf, trainieren Sie sich eine glaubwürdige Unverfrorenheit an, spitzen Sie den Bleistift Ihres Charismas. Es ist eine Frage der Haltung, der Stimmführung, der Gestik. Der Klick wird auch für Sie kommen, seien Sie dessen gewiß. Wir sehen uns nächste Woche wieder, gleiche Zeit.«

Sie stand auf, kehrte zum Schreibtisch zurück, klingelte. Die Assistentin erschien und begleitete mich den Korridor entlang. Ich fühlte mich ein bißchen benommen, wie wenn man aus der Galleria Borghese herauskommt: Von all diesen Meisterwerken des Konsens war mir fast schwindlig geworden.

Vorn in der Eingangsdiele neben dem Glaskasten der Sekretärin sah ich wieder die Rückseite der korallenfarbenen Wolke, Onorevole Palmucci in ihrem duftigen Rock, das glaubte ich wenigstens von weitem. Doch als ich näher kam, hörte ich die Sekretärin am Telefon sagen: »Tango 34 in sechs Minuten«, und die Palmucci wandte mir das Profil zu, blickte auf die Uhr und war überhaupt nicht die Palmucci, sondern ein vierschrötiges Riesenweib, das nun anfing, den Kopf zu wiegen und leise einen alten romantischen Schlager zu singen: »Verliebtes Kiiind ... heut nacht geschwiiind ...«

Es war Mimma Malvolio, voll im Training zur Wiedererlangung der Freundlichkeit.

»Hab ich im Traume dich geküüüßt ...«

Sie sah mich, brach ab, strahlte auf.

»Slucca! Liebster!«

Mit ihren roten Schühchen machte sie eine Art Tanzschritt, breitete die Arme aus, öffnete die Lippen zu der Art Lächeln, das sich gleich in einen feuchten Kuß verwandeln wird. Dann steckte sie die Hand in ein mit bunten Perlen besticktes Täschchen und sagte: »Komm her, Slucca, ich hab was für dich.«

Blitzartig sah ich wieder die *poissarde* von der aufgelassenen Baustelle vor mir, sah die Hand, die etwas nach mir werfen wollte, und dann spürte ich den

Klick, in mir hatte der geheimnisvolle Funke gezündet. Ich sprang auf einen Sessel und donnerte in voll invertierter Tendenz auf deutsch: »EIN VOLK! EIN REICH! EIN SLUCCA!«

Mimma erstarrte. Mit verdutztem, in diesem Moment schwimmendem Blick blickte sie mich an, viele Türen gingen auf, der Wächter (der keinen Nicht-Parlamentarier hereinläßt, damit die gemeinen Wähler nicht etwa falsche Vorstellungen von uns Erwählten kriegen) kam mit langen Schritten auf mich zu. Das in himmelblaues Lackpapier gewickelte Schokoladebonbon war auf den Korridorboden gerollt. »Aber Slucca, Schätzchen, hier liegt ein grundlegendes Mißverständnis vor, ich wollte dir doch ...«

Der Wächter packte mich beim Arm und führte mich hinaus, auf dem Treppenabsatz rief er den Aufzug.

»Nein, danke«, stammelte ich, »ich gehe zu Fuß hinunter.«

Zu Hause hat Vasone dann fröhlich gelacht. »Die arme Frau, sie wollte dir bloß ein Bonbon schenken! Jetzt wirst du ihr zur Entschuldigung einen schönen Blumenstrauß schicken müssen, und wer weiß, was sich daraus noch entwickelt.«

»Aber was denkst du, den Schock habe auch ich gehabt, so ganz in Rosa hat die mich völlig destabilisiert.«

»Nimm das Telefon und singe ihr ein Friedenschanson, was du willst, zum Beispiel *La vie en rose* ...«

»Mit der habe ich lieber Krieg, das macht mir weniger angst.«

»Heil Slucca!« sagte darauf Vasone und hob seine japanische Bierdose. Und eine Zeitlang haben die Witzigeren in der Cafeteria des Montecitorio mich dann auch mit »Heil Slucca« gegrüßt, unter freundlichem Erheben der Teetasse oder des Mineralwasserglases. In das psychoparlamentarische Zentrum bin ich nicht wieder gegangen, Konsens hin oder her.

SLUCCAS ROMAN

»DIE EXKREMENTE, SLUCCA«, SAGTE MIGLIARINI, »waren für mich wichtig, die will ich absolut drin lassen.«

Das war eine absolut nicht unberechtigte Äußerung, da Migliarini bei seinen Feinden und auch bei einigen seiner Freunde im Rufe steht, sich in diesem Element durchaus heimisch zu fühlen. Doch hier handelte es sich um Literatur, wir saßen im Caffè Greco in der Via Condotti unter den feierlichen Schatten von Leopardi, Goethe, Byron und Stendhal, und zwischen uns, auf dem marmornen Beratungstischchen, lag Migliarinis Roman. Jahr um Jahr hatte die Entstehung in den seltenen Mußestunden und unter Wahrung absoluter Zurückhaltung gedauert (»Ich arbeite an einer eigenen Sache«, war alles, was er mir anvertraut hatte); und jetzt lag er endlich hier vor uns, zweihundertsiebenunddreißig ausgedruckte Seiten, bereit für eine flächendeckende Analyse, die einer Kontrolle von dreihundertsechzig Grad vor der definitiven Überarbeitung vorausgehen sollte.

»Ein Roman, Slucca«, hatte er mir ein paar Tage zuvor gesagt, »unterscheidet sich in dieser Phase nicht von einem Gesetzesentwurf für den Bau eines Tunnels unter dem Vesuv, er erfordert, daß die Parteien sich beraten, sich zur Absprache an einen Tisch setzen, und ein Tisch im Caffè Greco, wo schon Gogol und Wagner gesessen haben, um nur einige zu nennen, scheint mir die optimale Wahl.«

Das Buch sollte bei einem wichtigen Verleger Norditaliens erscheinen, der Onorevole Bazzecca nahestand und ein intimer Freund Onorevole Fabiocchis war, und aus dem Norden war zu dieser Verhandlung die verantwortliche Lektorin (*editor* im heutigen Italienisch) nach Rom gekommen, die sich bereits Wochen und Monate mit dem Text beschäftigt und unzählige Faxe und Anrufe mit dem Autor gewechselt hatte. Sie hieß Beatrice (»ein dantesker Name, ein optimales Vorzeichen«, meinte Migliarini) und war eine dünne, blonde elegante Frau, die jedoch aussah wie jemand, der mitten in der Nacht hochschrickt, weil er wieder von seiner trostlosen Kindheit im Waisenhaus geträumt hat. Sie sprach mit leiser, schleppender Stimme, als müßte sie bei jedem Wort bremsen.

»Ja«, flüsterte sie, und jedes Ja war wie ein Nein, das eine lange, schwierige Operation zur Geschlechtsumwandlung hinter sich hatte. »Ja, gewiß, ich verstehe, Onorevole, aber beim nochmaligen Wiederlesen, als ich gestern abend im Hotel die Seite noch einmal durchgegangen bin, ist mir doch ein Zweifel gekommen, ob so, ausgerechnet am Anfang ...«

Auch sie hatte einen Ausdruck des Textes vor sich, der an den Rändern mit Fragezeichen, Kreuzen, Kreuzchen, grün eingekringelten Wörtern übersät war.

»Heiliger Himmel noch mal, muß denn *ich* euch

sagen, daß das Proust ist?« empörte sich Migliarini.
»Das ist die proustsche *madeleine* am Anfang der *Recherche*, das gleiche überwältigende Riecherlebnis, die gleiche evokative Funktion! Das ist alles miteinander verknüpft, *tout se tient*, Slucca! Als Alexander an der Scuola Normale von Pisa seinen ersten Doktor gemacht hat, beschließt er spontan, wieder einmal zum Bauernhof der Großmutter zurückzukehren, der inzwischen zu einem von zwei Hamburger Homosexuellen betriebenen agrotouristischen Zentrum geworden ist. Könnt ihr mir bis dahin folgen?«

»Voll und ganz«, bestätigte ich.

»Gut. Und nun kommt der *flashback*. Alexander ist oben in seinem ehemaligen Zimmerchen, das natürlich völlig umgestaltet wurde, bis auf das Eisenbett, das noch das von damals ist. Erstes Glied der Kette, richtig?«

»Richtig.«

»Gut. Es ist Abend. Er liegt auf dem Bett, das Fenster steht offen, und die beiden Deutschen unten fangen an, Musik zu machen, Violine und Flöte, eine Schubertsonate, die nun die herzzerreißende Serie der Erinnerungen in Gang setzt. Und von wo an?«

Migliarini fixierte erst den (oder in diesem Fall die?) *editor* und dann mich, als wollte er uns herausfordern. Wir blieben stumm wie die Fische. Darauf nahm er die zur Diskussion stehende Seite und fing an vorzulesen: »»Alexanders Herz klopfte sanft wie zur Begleitung der Musik, und zugleich kehrte in seine Wahrnehmung der vergessene Geruch der Hühnerexkremente zurück, der vom Hof aufstieg und ihn in eine Art rätselhafte, einlullende Benommenheit versetzte.‹ In Wirklichkeit waren auch ein paar Truthähne dabei, aber die habe ich in der zweiten Fassung gestrichen, sie waren nicht unbedingt erforderlich. Also, Slucca, was meinst jetzt du dazu?«

Ich hüstelte diskret. Ich hatte den Roman selbstverständlich schon gelesen und war in meiner Eigenschaft als Durchschnittsleser zum Beratungstisch geladen worden. »Als Kritiker bist du inexistent, Slucca«, hatte Migliarini mir erklärt. »Aber als Durchschnittsleser kannst du einen Beitrag leisten, hoffe ich doch.« Und in meiner Eigenschaft als Durchschnittsleser hielt ich es für angebracht, jedesmal diskret zu hüsteln, bevor ich etwas sagte.

»Tja, also, unsere Freundin hier sieht vielleicht eine Diskrepanz, einen möglichen Gap zwischen dem doch etwas scharfen, stechenden Geruch der Hühnerexkremente und der Tonalität oder, sagen wir, der ›hohen‹ elegischen Stimmung dieser Passage. Vielleicht wäre Dung schon ein bißchen, wie soll ich sagen ...?«

Migliarini platzte los: »Dung! Ja, hast du denn eine Ahnung, was Dung bedeutet, Slucca?«

»Äh, so in großen Zügen ...«

»Das bedeutet Vieh, Slucca! Das bedeutet einen Stall voller Kühe, Ochsen, Ziegen, möglicherweise sogar ein Pferd. Und die Großmutter war doch arm wie eine Kirchenmaus, ihr einziger Reichtum waren die Hühner. Ja, einen Dunghaufen zu haben, Slucca, das wäre was gewesen!« Er steckte sich ein Petit-four mit einer kandierten Kirsche in den Mund, kaute mit in die Ferne gerichtetem Blick.

Das Buch (das verschiedene vorläufige Titel hatte) war keine Autobiographie, sondern ein Bildungsroman mit autobiographischem Hintergrund. Der Protagonist hieß Alexander Farnese Faliero (de la Tour du Saule) und hatte einen großen Teil seiner frühen Kindheit bei dieser kirchenmausarmen Großmutter verbracht, die eine außergewöhnliche Frau war. Die Mutter befand sich immer auf Reisen, und der Vater lebte irgendwo in Mittelamerika, wo er nach versunkenen Galeonen und deren Goldladungen suchte.

»Wenn ich an jene Jahre zurückdenke«, vertraute uns Migliarini, sein Petit-four hinunterschluckend, an, »erinnere ich mich an eine glückliche Zeit. Großmutter hat es mir nie an etwas fehlen lassen, da hat es nicht dieses trostlose industriell gefertigte Gebäck gegeben, sondern Pinienkernplätzchen, Rosinenbrot, Kastanienkuchen mit frischer Ricotta darauf, ach, davon macht ihr euch keine Vorstellung.«

Eine gewisse Vorstellung machten Beatrice und ich uns inzwischen schon, denn der Kastanienkuchen kam siebenmal vor, und es war nicht leicht gewesen, Migliarini dazu zu bringen, ihn auf Seite 66 und Seite 181 zu streichen. »Aber das ist keine Wiederholung«, protestierte er. »Das ist ein Leitmotiv. Das ist das Symbol des Italien von damals, eines einfachen, gesunden Landes, in dem man hart gearbeitet hat und noch die bescheidensten Dinge zu genießen wußte, ein Stückchen Pecorino, eine rohe Zwiebel mit ein bißchen Olivenöl, eine Vollmondnacht.«

Dieses Kind Alexander (von der Großmutter Sandrino genannt) wanderte jeden Sonntag barfuß drei

Kilometer zur Kirche, um bei Don Emilio zu ministrieren. Doch der (oder die?) *editor* hatte ihm aus Gründen der Wahrscheinlichkeit Schuhe angezogen: 1955 hätten auch die ärmsten Kleinbauern in den entlegensten Landstrichen schon Schuhe gehabt, meinte sie, wenn auch minderer Qualität. Migliarini war nicht einverstanden, er behauptete, die Wirkungen des Wirtschaftsbooms seien erst viel später auf dem Land angekommen, er hatte einen Kompromiß mit Holzschuhen vorgeschlagen, sich dann aber in die Schuhe fügen müssen, als Beatrice ihn auf den Widerspruch aufmerksam machte, daß ein Kind mit einer so großzügigen Mama sich die armen Füßchen wundlaufen sollte.

Sandrinos Mama besuchte ihn regelmäßig alle zwei Wochen, manchmal allerdings auch nur einmal im Monat. Sie stieg vor dem Hof aus einem langen grauen Lancia, streckte die Arme aus und drückte ihr Kind an sich. Sie war wunderschön und faszinierend. Alexander erinnerte sich an ihr berauschendes Parfüm, an die Seide ihrer Sommerkleider, an ihre weichen Pelze im Winter. Sie brachte immer wunderbare Geschenke mit, Spielzeug, eine goldene Armbanduhr, Süßigkeiten, bunte Schlafanzüge und Pullover (und folglich, durch Induktion ableitbar, wohl auch Schuhe), dazu viele Souvenirs von ihren Reisen, den Mailänder Dom, den Turm von Pisa, eine venezianische Gondel, das Kolosseum, alles perfekte Nachbildungen aus Glas, Messing, Alabaster, die der Kleine auf einem groben Wandbrett aufstellte und andächtig hütete. Sandrino betete diese auftauchende und wieder verschwindende Mutter an, schlief bei ihr ihm Ehebett, weinte bitterlich, wenn er sie am nächsten Tag wieder abfahren sah, und bewarf dann die Hühner mit Kieselsteinen.

»Es war hart«, erklärte Migliarini, »aber so habe ich meinen Charakter gebildet.«

Was aber machte diese bezaubernde Dame, die immer auf Reisen war, beruflich? Über diesen Punkt hatten der (oder die?) *editor* und Migliarini lange diskutiert. In der ersten Fassung war die Mama Diplomatin, fuhr von einer Hauptstadt in die andere, nach London, Paris, Prag, Brüssel usw. Doch abgesehen von dem Widerspruch zu den Andenken vom Vesuv und der Mole Antonelliana von Turin hätte der Durchschnittsleser (ich) sich fragen können, was für diplomatische Funktionen eine Single-Frau auf diesen ständigen Reisen durch das Europa des Kalten Kriegs wohl ausüben mochte. War sie vielleicht eine Spionin? Warum nicht, aber dann hätte der Durchschnittsleser aufregende Entwicklungen erwartet, die nicht kamen. Wäre nicht ein reicher Liebhaber besser gewesen, vielleicht ein Grieche, der sie auf seine Playboyausflüge nach Capri, Montecarlo und ins schottische Heideland mitnahm? Nein, widersprach Migliarini vehement, die Mama hatte keinen Liebhaber, nie und nimmer hätte sie ihren Alex wegen eines Liebhabers verlassen. Sie reiste beruflich. Nur: was für ein Beruf also? Schauspielerin, schlug Migliarini vor, oder eine berühmte Sängerin, die immer auf Tournee war. Aber in diesem Fall, gab Beatrice zu bedenken, müßte doch ein schönes Theatererlebnis vorkommen, ein Triumph an der Scala, eine große Shakespeare- oder Pirandellointerpretation mit dem kleinen Jungen im Publikum, der mitgerissen und begeistert von einer Loge aus zusah. Und folglich Zeitungen, Fotografien, Interviews, Erklärungen: »Das Kostbarste in meinem Leben ist nicht Verdi – es ist Alexander.« Eine große Villa am Lago Maggiore, Personal, ein Pony und eine *governess* für den Kleinen, und tschüs Großmutter, viele Grüße an die Hühner.

Doch auf die Großmutter wollte Migliarini keinesfalls verzichten. Drei der Titel, die der Geschäftsleitung vorgelegt und von dieser mit spärlichem Enthusiasmus beurteilt worden waren, lauteten: *Die Großmutter, Eine Großmutter* und, in äußerster Verknappung, einfach *Großmutter*. Eine charismatische Gestalt, die Schlüsselfigur seiner Kindheit, eine energische, strenge und zugleich liebevolle Frau, die in echt christlichem Geist hilfesuchende, verzweifelte Mädchen aufnahm, aber auch die Doppelflinte des (im spanischen Bürgerkrieg gefallenen) Großvaters in den Arm zu nehmen wußte, um damit die Karabinieri in Schach zu halten.

Alexander bewunderte sie, wie er später gewisse herrische und strenge Fürstinnen aus russischen Romanen bewunderte, mit denen die Großmutter übrigens durch Blutsverwandtschaft verbunden war. Zu ihren Vorfahren gehörten nämlich die Fürsten Poniatowskij, einst Könige von Polen, und von einer Seitenlinie der Farnese hatte sie den Geschmack an schönen Dingen, die Eleganz der Haltung, das aristokratische Italienische geerbt. Die Passion für die Landwirtschaft hatte sie dagegen von den Faliero, die ursprünglich aus Venedig kamen, sich aber dann im 16. Jahrhundert in den Tälern des Bergamasco angesiedelt hatten. Und auch noch hier, am Tischchen des Caffè Greco, zögerte Migliarini, eine weitläufige Verwandtschaft mit einem der zahlreichen anerkannten Bastarde des Sonnenkönigs, einem de la Tour du Saule, aufzugeben.

»Vielleicht«, murmelte Beatrice und schickte einen leidenden Blick aus den vergitterten Fenstern des Waisenhauses zu mir hinüber, »vielleicht könnte dieses genealogische Aufgebot doch etwas zu gewichtig wirken, Onorevole. Der Durchschnittsleser ...«

»Aber fragen wir ihn doch, wir haben ihn doch da«, unterbrach Migliarini. »Slucca, was sagst du zu diesen Ursprüngen meiner Familie?«

Ich hüstelte diskret. »Äh, nun ja, diese vielerlei zweifellos hochstehenden, aber alle doch ein bißchen, sozusagen, irregulären Vorfahren könnten eine gewisse ...«

»Eine gewisse Verwirrung stiften«, gab Migliarini zu. »Ich verstehe das, Slucca, aber andererseits, um zu dreihundertsechzig Grad die komplexen Charakterfacetten des Protagonisten, Alexanders, zu verstehen ...«

»Gewiß«, murmelte Beatrice und sah mich flehend an, »aber der Durchschnittsleser könnte vielleicht zu schnell denken ...«

»Also schnell, Slucca, sag uns, was du denken könntest.«

Ich hüstelte und hüstelte.

Dann sprang ich. »Also, man könnte an eine praktisch ununterbrochene Linie von Bastarden denken, so kurz wie möglich gesagt.«

»Sie wissen ja, Onorevole«, bekräftigte Beatrice, »das Publikum kann in bestimmten Fällen schon sehr vulgär und grausam sein. Es ist nur ein Roman, gewiß, aber . . .«

»Was soll das heißen, nur ein Roman?« keuchte Migliarini zornrot. »Ich habe auf diesen Seiten alles, was ich bin, meine ganze Seele gegeben, wie alle die da, die hier in diesem Café gesessen haben!«

Sein Blick schweifte durch die Räume, in denen schon Chateaubriand und Winckelmann, Schopenhauer und Dickens zu Gast waren.

»Gewiß«, murmelte Beatrice, »aber der Durchschnittsleser neigt dazu, zwischen den Zeilen zu lesen, jede kleinste Zweideutigkeit verleitet ihn zu . . . bösartiger Auslegung.«

»Welche Zweideutigkeiten denn?« fragte Migliarini drohend. »In meinem Buch war ich immer um höchste Transparenz bemüht.«

»Ich dachte zum Beispiel«, hauchte Beatrice wie mit letzter Kraft, »an all diese armen Mädchen, die zur Großmutter kommen, ein paar Tage bleiben und dann . . .«

»Sie haben ihr die Gastfreundschaft vergolten, so gut sie eben konnten, sie haben ihr geholfen, die Hühner zu versorgen und die Artischocken und Tomaten zu ernten, und wenn sie dann wieder auf dem Damm waren, haben sie sich auf ihr Fahrrad geschwungen und sind weggefahren. Aber oft sind sie auch wiedergekommen, da war eine, Erminia, die ist sogar zweimal im Jahr aufgetaucht. Die Großmutter hat sie wie Töchter behandelt, sie mußten ihr gehorchen, aber sie hat sie sehr geliebt. Und sie alle die Großmutter auch.«

»Ja, gewiß. Aber waren sie denn … krank, oder hatten sie Depressionen oder was?«

»Im Italien von damals hatte man keine Depressionen. Es war ein armes Land, ein würdevoll armes Land, aber Depressionen gab es nicht. Es gab die Hoffnung, den Willen, zu handeln, zu kämpfen, etwas zu schaffen und zu mehren!«

»Eben«, hauchte Beatrice, »eben …«

Migliarini musterte sie mit eisigem Blick. »Eben was?«

»Nun, der Durchschnittsleser …«

»Lassen wir jetzt einmal diesen verdammten Durchschnittsleser, sagen Sie mir endlich, was für einen Eindruck Sie selbst von diesem Kommen und Gehen der Mädchen gewonnen haben!«

»Nun, ich weiß ja nicht, aber …«

Ich hüstelte höflich und sagte wie zu mir selbst: »Seid fruchtbar und mehret euch.«

»Keine dummen Anspielungen, Slucca! Drück dich gefälligst mit absoluter Deutlichkeit aus, wie ich es dich immer gelehrt habe!«

»Nun, also mit äußerster Deutlichkeit ausgedrückt: 1955 gab es doch, wie soll ich sagen, die Antibabypille noch nicht, und den Mädchen, vor allem denen auf dem Land, konnte es doch passieren, daß …«

Migliarini kaute schweigend auf seiner Unterlippe herum. Dann explodierte er: »Nein, das ist ja ungeheuerlich! Da muß man ja wirklich eine kranke, eine total verdorbene Phantasie haben, um auf so einen Verdacht zu kommen, daß die Großmutter für die ganze Gegend Abtreibungen gemacht haben soll! Wer hat schon so eine völlig perverse Phantasie!«

»Bonifante«, erinnerte ich ihn, »um nur einen zu nennen.«

Migliarini zerrte an seiner Unterlippe. »Ja doch, Bonifante der Schmutzfink ...«

»Und versuch einmal an Tinelli zu denken ... an Di Mirto ...«

»Der schweinische Tinelli ...«, sinnierte Migliarini. »Di Mirto der Dreckspatz ... Ja doch, ja doch ...«

Man sah, wie er im Geiste, zusammen mit der Unterlippe, die Liste der geistig depravierten Kollegen entrollte. Schließlich sagte er: »Ja, aber das bringt mich ganz furchtbar in die Klemme. Wenn ich die Mädchen rausnehme, fällt auch die fundamentale Episode im Röhricht weg, wo Alexander seine überwältigende Initiation in die Geheimnisse des Geschlechts erlebt.«

Der Junge, der auf die Felder geschickt worden war, um Gras für die Kaninchen zu holen (es gab auch einen Kaninchenstall), entdeckte im Röhricht den guten Pfarrer Don Emilio, der seltsame Dinge mit zwei Schützlingen der Großmutter trieb, einer gewissen Bruna und einer gewissen Amabile. Bestürzt und zugleich geheimnisvoll angelockt durch dieses Flattern von Röcken und Soutane, dessen Zweck ihm dunkel blieb, sah Sandrino eine Weile zu, brach dann ein großes Schilfrohr ab, stürzte sich damit auf das Terzett und prügelte wild vor Wut auf es ein. Der Priester und die

Mädchen ergriffen kreischend die Flucht, und der völlig erschöpfte, tränenüberströmte Kleine wurde sich plötzlich gewahr, daß er in seiner blinden Raserei einen wollüstigen Schwindel, ein nie gekanntes berauschendes Lustgefühl empfunden hatte. Tiefe Scham ergriff ihn, und sein Gewissen brachte ihn dazu, alles der Großmutter zu beichten. Gewiß nicht, um Don Emilio (an dem er ja hing) und die beiden Mädchen (die ihm immer Bonbons schenkten, manchmal sogar Bananen) anzuschwärzen, sondern um sich von der Last dieses beunruhigenden Lusterlebnisses zu befreien, das er als Schuld empfand. Die Großmutter hörte ihm, wie eine echte Fürstin, unbewegt zu und rührte dabei den Teig für den Kastanienkuchen weiter. Kein einziger Vorwurf, keine Erklärung.

Wenige Tage danach erschienen in der Abenddämmerung drei Freunde von Bruna mit einem knatternden Kleinlaster auf dem Hof. Die Großmutter lud sie zum Abendessen ein (hier wurde ein Kastanienkuchen gestrichen), und in der Nacht hörte Sandrino den Lastwagen wieder wegfahren und dann vor Sonnenaufgang zurückkommen. Am nächsten Tag erfuhr man, daß die alte Dorfkirche von unbekannten Dieben ausgeräumt worden war. Zerknirscht gestand Don Emilio, ein Fenster offengelassen zu haben. Diese Freunde von Bruna kehrten noch andere Male wieder, es waren freche, abenteuerlustige Burschen, die nachts mit ihrem Kleinlaster herumkurvten und dann immer zur Großmutter kamen, um im Heuschober irgendwelche Waren abzuladen. Sie waren Händler, sagte die Großmutter, die auf den Jahrmärkten der Dörfer herumzogen.

Doch eines Tages spähte der Junge durch die Ritzen in der Bretterwand des Heuschobers und sah eine Riesenmenge Holzfiguren, Votivgaben, Sakristeimöbel, Kerzenhalter, geschnitzte Holzbänke, Altarbilder und anderes heiliges Mobiliar. Mit aufgewühltem Herzen schlich er in den Schuppen, und von einer Art mystischem Impuls ergriffen, bekreuzigte er sich und schnappte sich ein Kruzifix, das gerade – so ein Zufall! – in einem Sonnenstrahl aufleuchtete, ein aus Gold und Elfenbein gefertigter Gegenstand, der dem naiven Betrachter als der kostbarste unter den vielen anderen vorkam und den er unter seinem Hemd verbarg.

»Ich konnte das natürlich nicht wissen«, erläuterte Migliarini jetzt, »aber es war ein wahrhaft auserlesenes Stück, spätes Barock. Ich habe es heute noch über meinem Bett hängen, es hat mir immer Glück gebracht.«

Die Entdeckung stürzte Sandrino in einen qualvollen Wertekonflikt. Auf der einen Seite der Wert der Liebe, der Dankbarkeit, der Loyalität gegenüber der Großmutter, auf der anderen Seite der Wert der Ehrlichkeit, der Rechtschaffenheit, der moralischen Strenge (er war ja schließlich immer noch ein Farnese Faliero!). Er war verstört, schlaflos, appetitlos, und als er eines Tages zufällig dem Karabinierehauptmann über den Weg lief, gestand er diesem, auf einen Impuls hin, seine Seelenqual. Der gute Hauptmann beruhigte ihn väterlich, lud ihn zu einer Limonade ein und erschien tags darauf mit zwei Kollegen auf dem Hof. Die Großmutter lief mit der Doppelflinte auf die Tenne heraus und versuchte, sie durch zwei Schüsse in die

Luft zu vertreiben. Doch die beiden gingen geradewegs zum Heuschober und beschlagnahmten das Diebesgut. Eine häßliche Geschichte. Die Großmutter wurde in die Kaserne gebracht und erklärte ungerührt, sie wisse absolut von nichts, der Heuschober sei seit Jahren ungenutzt, und jeder habe dort eindringen können, um eine arme alte und halbtaube Frau für seine dunklen Machenschaften zu mißbrauchen. Sie ließen sie gehen, Bruna und ihre Freunde kamen nicht mehr, das Leben verlief wieder in seinem ländlichen Rhythmus zwischen Sonnenaufgängen, Sonnenuntergängen und Hühnern. Doch die Großmutter lehnte das kostbare Kruzifix, das Sandrino ihr schenken wollte, ab (ja, sie schlug es ihm über den Kopf) und buk ihrem Enkel hinfort keinen Kastanienkuchen mehr.

»Ihr seht also selbst, es ist alles miteinander verknüpft«, sagte Migliarini. »Die Mädchen sind absolut strukturell.«

»Gewiß«, sagte Beatrice und betrachtete ihre Teetasse.

Ich hüstelte hinter vorgehaltener Hand. »Aber vielleicht würde ein einziges Mädchen als Struktur genügen.«

»Mmmm ...«, machte Migliarini. »Aber mit zwei Mädchen ist das sexuelle Erlebnis des Kindes viel stärker.«

»Schon«, sagte ich, »aber zwei, das riecht ein bißchen nach Orgie.«

»Und dann ausgerechnet der Pfarrer ...«, flüsterte Beatrice.

»Was, ihr wollt den Pfarrer streichen?« empörte sich Migliarini. »Aber den hat es doch wirklich gegeben, ich habe seinen Namen geändert, aber Don Ernesto ist eine zentrale Figur in meiner Entwicklung, das heißt in der Entwicklung von Sandrino. Er bringt ihm Tischtennis bei, nimmt ihn zu Letzten Ölungen mit und auf eine Pilgerreise zur Wallfahrtskirche von Loreto, er unterrichtet ihn in den Anfangsgründen des Latein, erschließt ihm neue Horizonte ...« Er betrachtete mit träumerischem Blick diese Horizonte.

»Gewiß«, murmelte Beatrice, »aber in dem Röhricht dort ...«

»Und was ist dabei?« widersprach Migliarini vehement. »Er war ein Mann, der keine Gottesgabe verachtete, ein Landpfarrer in der großen alten Tradition Boccaccios oder Sacchettis! Er mochte die Frauen, na und? Er ist eine blutvolle, positive Gestalt, typisch für das damalige freimütige und anspruchslose Italien, das noch in der prätechnologischen Kultur verankert war, den wahren Werten des Lebens verbunden. Tausendmal besser die gesunde Sinnlichkeit Don Ernestos als diese infamen Geschichten von Pädophilie und Voyeurismus via Internet, von denen wir heute hören müssen! Was meinst du dazu, Slucca, als Durchschnittsleser?«

»Sicher«, pflichtete ich ihm bei. »Aber ... wenn alles miteinander verknüpft ist, wie du sagst ...«

»*Tout se tient*!« bekräftigte Migliarini, die Finger der rechten mit denen der linken Hand verschränkend.

»Eben, aber wenn Don Emilio im Röhricht in dieser peinlichen Situation überrascht wird ...«

»Panischen, nach Pan«, verbesserte mich Migliarini. »Ich würde sie eher panisch nennen, diese Situation, die ja ihren uralten, uranfänglichen Adel hat.«

»Ohne Zweifel«, sagte ich schnell, »aber so muß Don Emilio sich von der Großmutter erpressen lassen, muß zum Komplizen der Diebe und sozusagen zum Untermann der Bande werden.«

Migliarini sah mich entsetzt an. »Du«, sagte er, wobei er die Worte skandierte, als knackte er mit den Zähnen Haselnüsse auf, »du-Slucca-denkst-das?«

»Aber woher denn«, wand ich mich heraus. »Ich bestimmt nicht, aber der Durchschnittsleser, der einfach zwei und zwei zusammenzählt, könnte, alles in allem genommen, so ungefähr diesen falschen Eindruck gewinnen.«

Migliarini schwieg lange, Stimmen von meist ausländischen Gästen aus den anderen Räumen des Caffè Greco waren zu hören, die Schritte der Kellner, das Klirren eines Kaffeelöffels auf dem Marmor.

»Tja«, sagte Migliarini düster, »so gesehen ...«

Beatrice hob den Kopf und belebte sich wieder. »Es würde genügen, den Priester durch einen anderen Mann zu ersetzen, einen Hausierer, einen Mechaniker, einen Karussellbesitzer, irgend so einen ...«

»Und man sollte auch die Empfindlichkeit des katholischen Durchschnittslesers bedenken«, sagte ich. »Nicht daß dir noch antiklerikale Absichten unterstellt werden.«

»Um Gottes willen«, Migliarinis Stirn umwölkte sich, »um Himmels willen!«

»Dann doch eher vielleicht ein militanter Kommunist«, schlug Beatrice vor, »der könnte doch auch so vollblütig und sinnlich sein.«

»Nein, das hätte mir noch gefehlt, bloß keine Politik, keine Feinde *à gauche*!« widersetzte sich Migliarini. »Und außerdem würde dann die Soutane wegfallen, diese Vermengung, dieses unreine Durcheinander von weltlichen und heiligen Gewändern, das den Wutanfall von Sandrino auslöst …«

»Ja, eben«, meinte Beatrice, »der Wutanfall …«

Migliarini linste sie böse an. »Was soll denn jetzt mit meinem Wutanfall nicht in Ordnung sein?«

»Nichts, es ist ein wunderschöner Wutanfall, an und für sich.«

»Und in der großen Tradition der kindlichen Wutanfälle, es gibt entsprechende bei Rousseau, Alfieri, Thomas Mann«, zählte Migliarini auf, wobei er um sich sah, als suchte er die Zustimmung dieser Großen. »Um erst gar nicht von Freud zu sprechen.«

Ich hielt den Blick starr auf die Halskette der jungen Frau gerichtet, sie den ihren auf meine Krawatte.

»Ja«, sagte ich, »es ist ein exemplarischer Fall von früh entwickeltem Sadismus.«

Jetzt war Migliarini empört. »Sadismus? Du unterstehst dich, einen im Grunde biblischen Akt wie diesen Sadismus zu nennen, Slucca? Einen instinktiven Impuls, der an Kant und seinen moralischen Imperativ gemahnt?«

»Trotzdem …«, stammelte ich. Migliarini schüttelte den Kopf, stieß einen langen Seufzer aus.

»Also, so geht das nicht, Slucca! Du hast dich hier mit uns an einen Tisch gesetzt, aber du steuerst keinen einzigen Beitrag bei, der dieses Begriffs würdig wäre. Du kritisierst, kritisierst flächendeckend, aber du bringst nicht einen einzigen konstruktiven Vorschlag auf den Tisch. Du bist ein Dekonstruktivist, Slucca, nimm's mir nicht übel.«

Tische waren für Migliarini etwas Heiliges. Die Politik, sagte er oft, ist Tisch, Tisch und wieder Tisch. Es gebe keine noch so vertrackte Situation, die sich nicht dadurch lösen ließe, daß man sich an einen Tisch setze. »Auch der trojanische Krieg«, war sein Lieblingsbonmot, »hätte nicht stattgefunden, wenn sich alle an einen Tisch gesetzt hätten.«

»Aber die hatten doch Helena geraubt«, gab ich zu bedenken.

»Macht nichts«, meinte er, »an einem Tisch wäre auch in diesem Fall ein akzeptabler Kompromiß gereift.« Eines Tages hatte er mir anvertraut, sich innerhalb von zehn Stunden an sechs verschiedene Tische gesetzt zu haben. »Sagen wir uns doch die Wahrheit, Slucca, wir Parlamentarier können so gut wie nichts für unsere Wähler tun, während wir schlafen, spazierengehen, Tennis spielen, fernsehen, tanzen, bumsen, und nicht einmal dann, wenn wir im Plenarsaal von Montecitorio das Wort ergreifen. Nur wenn wir uns an einen Tisch setzen, tun wir unsere Pflicht am Volk, und es ist gleich, ob er rund, viereckig, dreieckig ist oder in einem Restaurant steht. Die bescheidene Geste, einen Stuhl abzurücken und sich mit anderen an einen Tisch zu setzen, ist für den Parlamentarier der edelste, erhabenste, ja, heiligste Akt. Ich übertreibe nicht, Slucca, das kannst du mir glauben.«

Seine Augen leuchteten, er sah ein großes, von Frans Hals, Velázquez, Tizian signiertes Gemälde vor sich, er selbst im Vordergrund, wie er mit anderen ernsten Edelleuten mit weißen Halskrausen an einem Tisch Platz nimmt.

»Gut, und jetzt, würde ich sagen, brauchen wir eine Denkpause«, schlug er mir und dem (der?) *editor* vor.

Wie das Offertorium in der Messe gehört die Denkpause unabdingbar zur Sitzung am Tisch. Alle strecken und recken sich lächelnd wie in der Sonne der Bahamas, fangen an zu scherzen, reden von den Fußballmeisterschaften, den Kindern, einem phantastischen Restaurant, das sie in Ariccia entdeckt haben. Einige holen das Handy heraus, andere wechseln die Plätze und setzen sich neben jemand anderen, der seinerseits den Platz gewechselt hat, immer um den Tisch herum. Niemand gibt sich dem Denken hin.

Der (oder die?) *editor* Beatrice stand auf und ging mit dem Handy in der Faust davon, ich wollte zur Toilette, aber Migliarini hielt mich am Arm zurück, um über den Titel zu sprechen, den Umschlag, die Auflage, die Werbekampagne, wem er ein Gratisexemplar des Buchs zuschicken sollte und wem nicht.

»Und das Vorwort, Slucca«, sagte er, »wir müssen rechtzeitig an das Vorwort denken.«

Ein Kollege als Autor war nicht ratsam, alle anderen hätten sich wegen der Nichtberücksichtigung gekränkt gefühlt. Dann also der größte lebende italienische Schriftsteller? Aber es gab sieben (gesicherte) größte lebende italienische Schriftsteller und sechs beinahe größte, abgesehen vom Risiko der Eifersucht, des herablassend zwischen den Zeilen verspritzten Gifts, mit dem zu rechnen war. Besser eine Schriftstellerin, die das Hauptaugenmerk auf die formative Rolle der Großmutter zu legen wüßte. Aber ohne der Großmutter etwas wegnehmen zu wollen – war die eigentliche Hauptfigur nicht das Kind? Also wäre vielleicht ein Kinderpsychologe, ein berühmter Professor, besser geeignet, sich in die komplexe Persönlichkeit Alexanders zu vertiefen. Andererseits konnte ein allzu wissenschaftliches Vorwort wiederum den Durchschnittsleser verschrecken. Warum daher nicht lieber ein Kritiker von indiskutablem Prestige? Ja, damit dann die anderen Kritiker von indiskutablem Prestige das Buch verrissen ... Migliarini nannte Namen. Ich nannte andere Namen. Die Zeit verstrich.

»Aber wohin ist denn das Mädel verschwunden?« sagte er an einem gewissen Punkt. »Was meint die eigentlich, wie lange eine Denkpause dauert? Geh sie mal suchen, Slucca.«

Ich mußte nicht lange suchen, sie war im angrenzenden Raum und sprach mit einem großen, hageren jungen Mann, dessen Miene so kläglich war wie sein Anzug. Sie standen da und wirkten wie zwei seit langem vergessene Blumen in zwei Vasen zu beiden Seiten einer Grabnische. Als sie mich sah, winkte sie mir mit einer resignierten Handbewegung zu, mit der gleichen Handbewegung grüßte sie der andere, und wortlos, mit hängenden Schultern, kehrte sie an den Tisch zurück, wo uns ein vollständig verwandelter Migliarini erwartete. Er hatte sich halb erhoben, seine Augen funkelten, so einen Ausdruck muß Newton beim Fall des Apfels gehabt haben. Er beugte sich vor, bedeutete uns, mit den Köpfen näher zu kommen, und dann wisperte er: »Der Papst.«

Ich erriet natürlich sofort, worum es ging, die junge Frau nicht.

»Wie meinen Sie das, Onorevole, möchten Sie ein Gratisexemplar Ihres Buches an den Papst schicken? Wir können ja fragen, was unser PR-Büro dazu meint, aber ich weiß nicht, ob der Papst ...«

»Nein«, erklärte ich ebenfalls im Flüsterton, »der Gedanke ist, den Papst zu bitten, das Vorwort zu schreiben.«

»Du hast verstanden, Slucca! Das wäre doch ein sensationeller Coup, eine Bombe, garantierte Auflage von einer halben Million!«

Beatrice schwieg, ihre Lippen bewegten sich unmerklich, als betete sie insgeheim das Schmerzensbekenntnis.

»Aber glaubst du«, fragte ich, »daß die Sache konkrete Aussichten haben könnte?«

»Und warum denn nicht, Slucca! Ich weiß, wie ich vorgehen muß, der Weg ist klar: Über Cirelli, der mir schließlich immer noch etwas schuldig ist, komme ich an Rapino heran, und Rapino weiß gut, daß er mir nichts abschlagen kann, er wird höchst aktiv werden, um die Unterstützung von Riccomagno und Di Mirto zu bekommen, die beide, über verschiedene Kanäle, Kontakte auf höchster Ebene zum Vatikan haben. Und sogar die Malvolio könnte ein Wörtchen einlegen ...« Ich sah, wie er sich im Geiste bis ganz nach hinten ins Silicon Valley klickte.

»Aber glaubst du nicht, daß der Papst diesen verlegerischen Problemen etwas, wie soll ich sagen, etwas fernsteht?«

»Der Papst steht keinem Problem fern, Slucca, und in vielen Problemen ist er absolut auf einer Linie mit mir, viele meiner Ideen billigt er hundertprozentig. Er wird mir eine kleine Seite, eine halbe Seite meinetwegen, nicht abschlagen!«

»Aber dieser Priester«, gab ich zu Bedenken, »dieser Don Emilio ...«

»Aus dem mache ich einfach einen protestantischen Pastor, und fertig. Los, Slucca, krempeln wir die Ärmel hoch!«

Er nahm seinen Ausdruck wieder zur Hand, blätterte.

Auch Beatrice durchblätterte ihre Seiten, als wären sie mit Tretminen gespickt.

»Ja«, sagte sie, »aber da war auch dieses Datum, mit dem ich etwas Schwierigkeiten habe.«

»Welches Datum?«

»Hier, gegen Schluß, auf Seite ... 201 ... Hier, da ist es, 1958.«

Es war das Jahr der großen Veränderung, in dem Alexanders Mama nach Hause kam, mit ihren Reisen aufhörte, mit Großmutter und Kind den Bauernhof verließ und in die Stadt zog, in eine schöne Achtzimmerwohnung mit drei Bädern; und für den Jungen war die märchenhafte Zeit der Kindheit vorbei. Er fing an, Griechisch zu lernen und erst die rechten und linken Jugendzirkel *under 10* zu frequentieren, dann die der äußersten Rechten und die der äußersten Linken – und von da an, sich seiner Bestimmung bewußt zu werden.

»Aber wo liegt das Problem?« fragte Migliarini.

»Das Problem«, sagte Beatrice, »ist das Jahr.«

»Wie meinen Sie das, entschuldigen Sie? Slucca, verstehst *du,* was sie meint?«

Ich hüstelte außerordentlich diskret. »Eigentlich ginge doch auch 1957«, schlug ich vor, »das würde kaum etwas ändern.«

»Oder auch 1959 ...«, meinte der (oder die?) *editor.*

Migliarini sah uns unter gerunzelten Brauen an. »Ich verstehe nicht, was soll denn mit meinem 1958 nicht in Ordnung sein?«

Ich fing wieder an zu hüsteln, Takt auf höchster Umdrehungszahl. »Es war ein historisches Jahr, viele Italiener erinnern sich noch gut daran«, fing ich behutsam und umständlich an. »Es war das Jahr, in dem de Gaulle zum Präsidenten der Französischen Republik gewählt wurde ... Johannes XXIII. wurde Papst ... in China gab es den großen Ruck nach vorwärts ...«

Migliarini hob die Augen zur Decke.

»Und es war auch das Jahr«, fuhr ich mit meinem Eiertanz fort, »des Gesetzes Merlin, der Schließung der Freudenhäuser ...«

»Richtig«, lächelte Migliarini, »die Puffs wurden geschlossen ... Und jetzt ist ja davon die Rede, sie eventuell wieder zu öffnen, nicht ohne gute Gründe, Slucca. Früher oder später muß auch unsere Partei diesbezüglich einen klaren Standpunkt beziehen. Wir werden uns an einen Tisch setzen und versuchen ...

Aber wo ist da jetzt der Zusammenhang mit meinem Roman, Slucca?«

»Es ist kein richtiger Zusammenhang, eher einfach eine Koinzidenz, eine vage Vermutung, auf die der Durchschnittsleser irgendwie kommen könnte, wenn wir in Betracht ziehen, daß eben alles miteinander verknüpft ist, wie du sagst.«

Migliarini blätterte zerstreut in seinen ausgedruckten Seiten, er schnallte den Punkt immer noch nicht. »Ich sehe den Punkt nicht«, sagte er.

»Äh, also«, sprach ich weiter, »zur Zeit der Bordelle wechselten doch die ... wechselte das weibliche Personal doch regelmäßig von Stadt zu Stadt, im Turnus von vierzehn Tagen.«

»Ja, sicher, das weiß ich, die Vierzehntageschicht hieß das doch. Zwei Wochen in Pisa, dann in Venedig, dann in Rom, dann in Turin, in Neapel. Die waren immer auf Rei...«

Er brach ab, wurde feuerrot, dann leichenblaß, Lord Byron in seinen Augenblicken höchsten Spleens.

»Neeein ...«, murmelte er entsetzt. Und dann: »Nein! Nein! Nein!«

Wir gaben kein Tönchen von uns: Wir respektierten seinen schmerzlichen Gang zurück in die Erinnerung, in einem verheerenden *flashback* bis zu den Hühnerexkrementen.

»Aber dann ...«, ächzte er, »aber dann, wenn *tout se tient*, würde ich mich ja objektiv als Bastard und Hurensohn herausstellen, als gemeiner sadistischer Spanner, Dieb und doppelseitiger Spion! Wirkt es, alles zusammengefaßt, so?«

»Das ist natürlich sehr verknappt«, versuchte ich den Stoß etwas abzufangen, »aber, äußerst verschärft gesehen, könnte ...«

»Schweig, Slucca. Ein bißchen menschliche Rücksichtnahme, bitte.«

Er hatte Tränen in den Augen, ob echte oder gespielte, war nicht zu sagen. In so einem Zustand hatte ich ihn nicht mehr gesehen, seit er als Vorsitzender der Staatskommission für den Winterschlußverkauf hatte zurücktreten müssen.

»Wieviel Bosheit gibt es doch auf der Welt«, murmelte er leise. »Bosheit und Mißgunst und Verleumdung. Wie kann man auf meiner Lebensgeschichte ein solches Lügengebäude errichten, Slucca?«

»Aber das ist doch gar nicht deine Lebensgeschichte«, versuchte ich ihn zu trösten. »Das ist nicht deine Autobiographie, es ist alles transponiert, sublimiert. Du zum Beispiel hast doch nie einen Fuß in die Scuola Normale von Pisa gesetzt, dein Vater war Kellner in Lugano, deine Mutter ...«

»Kein Wort über meine Mutter, Slucca!«

»Und jedenfalls«, hauchte Beatrice, »ist das Buch noch nicht erschienen, man könnte eine bestimmte Anzahl von Abänderungen vornehmen, ganz vorsichtig feilen, wenn nicht überhaupt das Ganze umstrukturieren ...«

»Ich strukturiere nichts um, ich werfe doch dieses Gemälde eines vergangenen Italien nicht weg, das zwar nicht mehr existiert, aber an das alle Italiener, besonders heute, wo wir in Europa ... Wer ist denn der da?«

Der hagere, triste junge Mann war aus dem angrenzenden Raum aufgetaucht, er trug eine Leinentasche und grüßte Beatrice im Vorbeigehen mit einer Kinnbewegung.

»Das ist Cerci, ein Kollege«, sagte der (oder die?) *editor*, und grüßte mit einer Handbewegung zurück. »Er ist in einem anderen Verlag, wo er die gleiche Arbeit macht wie ich.«

Hinter diesem Cerci kam jedoch, mit einem Übernachtungsköfferchen aus schönem rötlichem Leder, Onorevole Pellegatti.

»Aber das ist doch Pellegatti«, sagte Migliarini. »Was hat denn der hier gemacht?«

»Er hat mit meinem Kollegen die Druckfahnen seines Buchs durchgesehen.«

»Ah, ein Buch, hat er ein Buch geschrieben?«

»So scheint es.«

»Ein Buch von Pellegatti, schau, schau ...«

Sein Ton war eine fragile Koalition von spöttischem Hohn und lähmender Angst.

»Er hat den Kopf weggedreht, um mich nicht zu sehen.« Die Angst überwog. »Hast du etwas davon gewußt, Slucca?«

»Nein.«

Nun überwog der Hohn, Migliarini prustete giftig. »Wenn er die Eskapaden seiner Frau erzählt, wird es ein todsicherer Bestseller: *Die Memoiren eines Eurogehörnten.*«

Onorevole Pellegatti war ein Abgeordneter des Europaparlaments, der – hieß es – zwischen Brüssel, Straßburg, Frankfurt und anderen europäischen

Machtzentren ein einstimmiges Quorum von Hörnern zusammengebracht hatte.

»Nun, mehr oder weniger«, wisperte Beatrice, »soll er genau das gemacht haben, hat mir Cerci erzählt. Es ist ein ziemlich transgressiver Roman mit starkem erotischem Gehalt. Cerci hat fünfzehn sehr gewagte Situationen gezählt und achtzehn Beschreibungen, die nichts mehr der Phantasie überlassen.«

»Nein, das ist doch eine Schande«, zischte Migliarini. »Das ist Ausbeutung der Prostitution, moralisch, wenn nicht technisch gesehen. Das Buch müßte auch unter ihrem Namen erscheinen, findest du nicht, Slucca? Und die Nutte müßte fünfzig Prozent des Gewinns einstreichen, falls es Gewinn macht.«

»Sein Verleger glaubt das ganz fest«, sagte Beatrice. »Es ist eine erste Auflage von sechzigtausend vorgesehen, eine große Werbekampagne ...«

Plötzlich war es sehr still im Caffè Greco. Kein Schlucken, kein einziges Knuspern, kein Gluckern von Flüssigkeit in einem Glas oder einer Tasse. Und ein Lächeln, breit und komplex wie eine vielspurige Autobahnausfahrt mit Überführungen, Unterführungen, Schleifen, Spiralen zeichnete sich auf Migliarinis Lippen ab. Es war ein tief empfundenes Lächeln, das schon hundertmal gesehene typische Lächeln eines, der im Begriff ist, die Mehrheit zu verlassen und zur Minderheit überzugehen; oder umgekehrt, von einer Partei in eine andere überzutreten; oder eine eigene zu gründen.

»Weißt du, was wir machen, Slucca?« Er schlug mit der Faust auf den Blätterstoß vor sich. »Wir fordern ihn auf seinem eigenen Terrain heraus und wischen ihm mächtig eins aus.«

Ich kenne ihn, ich sah, worauf er hinauswollte, und versuchte, ihm die höchste religiöse Autorität entgegenzuhalten. »Und was ist mit dem Papst?«

»Lassen wir doch den Papst, der hat schon genug Probleme. Hier«, und er schlug wieder auf die Blätter, »hier, Slucca, ist die Antwort auf Pellegatti, eine Antwort von dreihundertsechzig Grad! Der beschreibt pikante Rotlichtszenen? Gut, sehr gut, ich werde ihm zeigen, was Pornographie ist. Von wegen Ehefrau, ich kann hier die Großmutter und die Mutter einsetzen ...«

»Alle beide?« stammelte Beatrice.

»Sicher! *A la guerre comme à la guerre!* Zwei entfesselte Weiber mit einem inzestuösen Jungen, einem kleinen Fetischisten, Onanisten und Voyeur! Und dazu haben wir den homosexuellen Priester, der ...«

»Aber war der nicht hetero?«

»Ich hätte dich nicht für so provinziell gehalten, Slucca. Nein, das wird ein Rundumschlag von Priester, ein Pädophiler, Masochist, wahrscheinlich auch Koprophiler, und vielleicht hätte er auch mit diesen saublöden Hühnern ...«

»Und der Bildungsroman?« erinnerte ich ihn verzweifelt.

»Es wird eben ein *hard* Bildungsroman, voll auf der Linie mit der europäischen Politik zur Förderung der arbeitslosen Jugend. Und natürlich ...«

Er fixierte mich auf diese gewisse Weise, mit der Wilhelm Tell seinen Zweitgeborenen ins Visier genommen haben muß. In der Schweiz, einem für seine Diskretion bekannten Land, spricht man wenig und nur im Flüsterton davon; aber seit Jahrhunderten zirkuliert die Legende (eine Volkssage ohne historische Belege), der zufolge der berühmte Bogenschütze, um für die entscheidende Probe zu trainieren, seinen Zweitgeborenen zu sich gerufen, ihm einen Apfel auf den Kopf gelegt, gezielt, um ein paar Zentimeter danebengeschossen und den Jungen mitten in die Stirn getroffen haben soll. So war Migliarinis Blick.

»Nein«, sagte ich mit äußerster Deutlichkeit, »absolut nein.«

»Das mußt du doch verstehen, Slucca, ich kann mich nicht persönlich exponieren.«

»Kommt nicht in Frage!«

Beatrice sah uns verdutzt an.

»Ich verhandle mit dem Verlag, und ich weise dich darauf hin, daß du fünfzig Prozent auf die Weltrechte kriegst, wie Pellegattis Frau.«

»Nein, ich zeichne nicht für dieses Buch, ich habe nichts mit den Farnese Faliero zu schaffen, das ist nicht meine Lebensgeschichte, meine Großmutter und meine Mutter waren ...«

»Aber das ist doch transponiert, das ist alles sublimiert, Slucca!«

»Ich habe nichts zu sublimieren, kein einziges Huhn.«

»Denk doch, endlich werden einmal aller Augen auf dich gerichtet sein, Slucca!«

Ich sah die Schlagzeilen vor mir: *Bombendebüt eines neuen Romanciers: Onorevole Pornoslucca; Der Fall Slucca:*

Onorevole oder Schweinigel?; Antrag im Parlament: morali-
sche Zensur für Slucca-Sade.

»Nein.«

»Du weiß ja nicht, was du verpaßt; alle Frauen werden kommen, um sich bei dir ein Autogramm zu holen, diese Dinge faszinieren sie, Slucca. Du kannst sie
zu dir nach Hause zu einem Drink einladen.«

Ich dachte an die Zweizimmerwohnung in Monteverde Nuovo und an Vasone, der für uns drei Nes-
café machen und sagen würde: »Sie werden sehen,
Signora, unser Slucca ist ein wahrer Dämon in seinem
Bettchen da.«

»Nein, ich kann einfach nicht.«

Migliarini stand auf, raffte seine Blätter zusammen,
sagte sehr kühl: »Wenn du für diesen Roman deine
Verantwortung nicht auf dich nimmst, werfe ich dich
aus der Partei, Slucca. Habe ich mich deutlich ausgedrückt?«

»Aber wenn ich akzeptiere und das Buch ein Skandal wird, wirst du ohnehin auf Distanz gehen und
mich rauswerfen müssen.«

»Denk darüber nach und gib mir Bescheid«,
brummte er. Er ließ mit einem endgültigen Ruck
seine Aktentasche zuschnappen und ging davon, ohne
Beatrice oder mich zu grüßen. Die Rechnung zahlte
ich.

»Wenn sie doch wenigstens nicht schreiben würden«, seufzte Beatrice vor der Tür des Caffè Greco.

»Es sind nicht alle so«, sagte ich, »viele schreiben
bloß Leserbriefe an die Zeitungen, um etwas richtig-
zustellen.«

»Aber da sind auch die mit ihren Gedichten«, sagte sie. »Und wenn ich daran denke, daß für den Druck der Gedichte eines Parlamentariers die Erde jedesmal wieder einen hohen, herrlichen Baum verliert ...«

Sie sah mich traurig an, die Schultern von Zentnern von Zellulose niedergedrückt. Ich wußte darauf nichts zu sagen und sagte: »Ja, ja, *tout se tient.*«

Später hüpfte Vasone vor Wonne auf einem Bein um den Küchentisch herum. »Der Hurensohn gegen den Eurogehörnten! Die Herausforderung des Jahrhunderts!«

Doch dann gab es überhaupt keine Herausforderung, die Veröffentlichung von Pellegattis Buch ist ihm von seiner Frau untersagt worden (sie steht den höchsten europäischen Institutionen nahe, inklusive Nato und Den Haager Gerichtshof), und Migliarini hat sich nach dem Verlust des Anreizes zur *pornocompetition* abgeregt und arbeitet jetzt an einer völlig neuen Umstrukturierung seines Romans; es werden Gedanken, Aphorismen, Maximen philosophischer und spiritualistischer Natur sein, mit einem aufmerksamen Seitenblick auf die orientalischen Religionen. Ich werde nichts damit zu tun haben.

»Ich glaube nicht, daß ich dich dabei brauche, Slucca«, teilte er mir mit. »Als Durchschnittsdenker überzeugst du mich nicht, und außerdem hast du nie verstanden, daß ich tief im Innern immer ein Moralist war und sein werde, sehr viel näher Pascal als de Sade, kannst du mir folgen?«

Jedenfalls hat weder der eine noch der andere je an den Tischchen des Caffè Greco gesessen.

DAS SPIEL IST AUS, SLUCCA

DEMNÄCHST STAND WIEDER eine streng geheime Versammlung der Eigentlichen Mächte bevor, das hatte Migliarini über gewisse streng geheime Nachrichtenkanäle erfahren; und infolgedessen mußte ich mir einen Schnurrbart wachsen lassen.

Diese Sache mit den Eigentlichen Mächten ist ein bißchen wie die mit den Werten, niemand zieht in Zweifel, daß es sie gibt, aber man weiß nicht genau, wie man sie definieren soll, wo sie anfangen und wo sie aufhören. Ganz abgesehen davon, daß sie, die Eigentlichen Mächte, immer leugnen, das zu sein. »Wie! Ich eine Eigentliche Macht? Ach du meine Güte«, sagen sie zum Fernsehreporter, wenn sie stirnrunzelnd aus einer Bank herauskommen oder frohgestimmt ein sahnefarbenes Schloß betreten. Sie nehmen an Workshops teil, an Seminaren und informellen Treffen in einer Villa an irgendeinem See, in Venedig, in einem Schweizer Kurort: keine Geheimnisse, alles im Licht der Öffentlichkeit, ganz ruhig treten sie auf, *nonchalant*, der Daumen lugt aus der Jackentasche.

»Also«, fragt der Fernsehreporter, »von welchen Problemen haben Sie gesprochen, was für Entscheidungen wurden getroffen?«

»Nein, hören Sie«, sagt der Betreffende, »das Thema des Seminars war *Virtualität und Vitalität im globalen Austausch*, es gab keinerlei Entscheidungen zu treffen.«

»Aber Sie sind doch, wie es heißt, die Eigentlichen Mächte, nicht wahr?« Der Reporter mit einschmeichelndem Lächeln läßt nicht locker.

»Schön wär's«, sagt der Betreffende mit einem bitteren Zug um den Mund und läßt den Blick über die anderen Seminarteilnehmer schweifen, die sich zwischen den Rhododendronbüschen ergehen.

Sie leugnen in gutem Glauben, oder jedenfalls fast. Zwischen den Rhododendron- und Myrtensträuchern sieht man nämlich auch Nicht Ganz So Eigentliche Mächte und Völlig Uneigentliche Mächte herumwandern, die man extra eingeladen hat, um ihnen ein paar Rosinen in den Kopf zu setzen und Verwirrung zu stiften. Selbst Migliarini hat schon an zwei oder drei dieser Tagungen teilgenommen, und er war danach ziemlich durcheinander. »Das ist alles nur zur Tarnung, Slucca«, sagte er, »da wird einem nur Sand in die Augen gestreut. Dort treffen die ihre Entscheidungen nicht. Sie haben sich schon vorher abgesprochen, oder es genügt ein halbes Wörtchen, das während eines *coffee-break* fallengelassen wird, um das *wirkliche* Treffen zu vereinbaren, das ganz exklusive, streng geheime, an irgendeinem anderen Ort, auf den du nie kommen würdest.«

»In New York? In Frankfurt? Auf einem Golfplatz?«

»Aber nein doch, die sind viel raffinierter. Sie wählen völlig unverdächtige Orte aus, einen kleinen Supermarkt am Stadtrand von Crotone, meinetwegen auch die Gewächshäuser einer toskanischen Baumschule, so was eben. Es ist fast unmöglich, sie dabei zu erwischen, und wenn überhaupt etwas durchsickert, dann erfährt man es immer erst danach, kapierst du, Slucca? Erst danach.«

Doch diesmal wußte er es vorher.

»Frag mich nicht, wie, Slucca«, frohlockte er, »aber die Sache ist sicher, sie treffen sich Samstagabend zum Essen in einer Kneipe von Ostia, die so heruntergekommen ist, daß sie nicht einmal mehr im *A éviter absolument*, dem negativen Guide Michelin, zu finden ist. Und ich werde auch da sein.«

»Haben sie dich denn eingeladen?« fragte ich ungläubig.

»Ich werde nicht persönlich da sein, Slucca. Einer meiner Männer wird hingehen, und er wird meine Augen, er wird meine Ohren sein.«

»Hast du jemanden bei ihnen eingeschleust?«

»Ich schleuse *dich* ein, Slucca.«

»Wie bitte, was hast du gesagt?«

Die Filme und Fernsehfilme, in denen so ein Eingeschleuster vorkommt, kann ich mir nicht ansehen, sie versetzen mich in höchste Aufregung. Beim Serienkiller, der mit seiner Kettensäge daherschleicht, bei der Leiche, die langsam die Erde anhebt und aus dem Grab springt, ja, sogar beim Vampir, der doch so ein nettes Mädchen zu sein schien, bleibt mein Blutdruck immer unverändert 85 : 130. Auf das Weiße Haus zu zischende Raketen, Schießereien unter Drogendealern mit siebenunddreißig Niedergemähten, Autos und Häuser, die mitten im Stadtzentrum explodieren, all diesem sind meine Nerven ohne weiteres gewachsen. Aber wenn jemand eingeschleust wird, ist das der reine Horror. Die kleinste Geste kann ihn verraten, ein Blick kann sein Ende besiegeln. Er lächelt, trinkt Bier, haut der ganzen Gesellschaft fröhlich auf die Schultern, aber was, wenn sie ihn bereits entlarvt haben, wenn sie schon wissen, daß er ein Eingeschleuster ist? Das ist zuviel für mich, ich schalte auf ein anderes Programm.

»Du läßt dir einen Schnurrbart wachsen, Slucca«, sagte Migliarini, »und du gehst als illegal eingewanderter Aushilfskellner, ein ganz einfache Sache.«

»Aber ich kann nicht servieren, ich wäre eine Katastrophe.«

»Genau deswegen wirst du um so glaubhafter wirken, und mit einem schönen Schnurrbart wird dich niemand ...«

»Aber warum ein echter? Es gibt doch falsche, die perfekt sind.«

Er faßte sich an seinen Schnurrbart, eine dicke gefärbte Bürste.

»Die falschen lösen sich, Slucca, die können abgehen; wenn es dein eigener ist, glaubst auch du daran, du bist dann viel besser in deiner Rolle drin, verstehst du?«

»Aber bis zum Samstag wächst mir doch kein richtiger mehr, das werden höchstens zwei jämmerliche Striche.«

»Ein mazedonisches Schnäuzchen, Slucca. Besser als nichts.«

Doch dann wurde die Sache um acht Tage verschoben, das geheime Treffen der Eigentlichen Mächte sollte nicht mehr in Ostia stattfinden, sondern auf dem Petersplatz, mitten in der Menge der Gläubigen und Touristen.

»Und du wirst unter ihnen sein, Slucca, und Rosenkränze und Kappen mit sakralen Logos verkaufen.«

»Inzwischen wächst das mazedonische Schnäuzchen viel zu stark.«

»Dann gehst du eben zu einem ukrainischen Schnauz über, der ist dicker und länger.«

Als dann das Geheimtreffen um weitere sechs Tage verschoben wurde (die Eigentlichen Mächte waren jetzt nach zehn Uhr abends in einer zum Aufnahmezentrum umfunktionierten Villa im Nomentano-Viertel verabredet), hatte ich einen mehr als überzeugenden Schnurrbart. Und an diesem Punkt schaltete sich Vasone ein, der Opernfan ist. »Das ist der perfekte hängende Türkenschnauz, reinster Rossini. Du brauchst jetzt nur noch dem Maestro zu folgen.«

Für ihn ist Rossini der größte italienische Komponist, der einzige, der wirklich unseren Nationalcharakter in Musik zu setzen gewußt hat. »Die sollen mir doch nicht mit Verdi und Puccini kommen, Rossini ist es, der alles verstanden hat«, behauptet er eisern seinen Standpunkt. »In *La Pietra del paragone*«, erklärte er mir nun, »haben wir genau, was du brauchst: einen falschen türkischen Händler, der großartig durchkommt, auch mit der Sprache.«

»Aber wenn er ein Händler ist, dann wird er doch einen dicken Bauch haben und eine Rolex am Handgelenk, niemand wird ihn für einen illegalen Einwanderer halten.«

»Und du wirst eben ein bankrotter Händler sein, total verschuldet, auf der Flucht vor der Ehefrau und den Gläubigern, der in seiner Verzweiflung ausgewandert ist. Du borgst dir einen alten Anzug von Migliarini aus, der Kerl ist ja zweimal so dick wie du, schlägst mit dem Hammer Risse in ein Paar alte Schuhe, und du wirst ein absolut glaubwürdiger Türke sein.

»Und was ist mit der Sprache?«

»Du sprichst italienisch und läßt alle Zeitwörter auf ›ara‹ enden, wie der bei Rossini. *Basic Turkish.*«

»Aber klingt das Türkische denn so?«

»Nein, aber das genügtara, um jeden zu bescheißenara.«

»Und wenn ich dort zufällig auf einen Kurden stoßara? Die Kurden hassenara die Türken.«

»Du bistara eben ein Türke und Freund der Kurden, du umarmstara ihn und vergießtara gerührt ein paar Tränen.«

»Aber wirdara der mir das glaubenara?«

»Es ist ein Aufnahmezentrum, es wird voller Menschen sein, er wird dir nichts tun können. Er wird dich schief ansehen, dir die Zähne zeigen, aber er ist bestimmt nicht bewaffnet.«

»Und wenn er mich mit einem türkischen Würgegriff erdrosseltara?«

»Dann rufstara du die Polizei.«

»Wenn die nur noch rechtzeitig kommtara!«

Schließlich war ich bereit: lange Koteletten, plausibel hängender Schnauz, dunkle Sonnenbrille ... nein, die fiel zu sehr auf, das sah nach Türke aus, der etwas zu verbergen hat. Von Migliarinis Anzug (antiquiertes Haselnußbraun) hatte ich nur die Jacke angezogen, auf die ich mit Vasones Hilfe noch ein paar Ölflecken gemacht hatte. Und darunter Jeans aus dritter Hand, die mindestens aus Kappadozien kamen. Gelbe, abgestoßene, an der Ferse aufklaffende Schuhe, graues exweißes Hemd, keine Krawatte, keine Socken. Vasone wollte mich kahlscheren, aber ich weigerte mich standhaft. Lösung: eine dunkelblaue, bis über die Ohren heruntergezogene Wollmütze.

»Du bist mehr als glaubhaft, Slucca, geh nur ruhig«, sagte Migliarini und hielt mit seinem Wagen fünfzig Meter vor der Villa. Wir waren tags zuvor daran vorübergegangen: »Es ist die da mit dem Türmchen. Hast du dir alles gut gemerkt?«

Ein Backsteinbau im florentinischen Stil, zwei Stockwerke mit einem Türmchen, vorn ein offenes Gittertor, ein paar Sträucher, ein Brunnen ohne Wasser mit einer züchtig nackten Venus in der Mitte, verschiedene Autos, die auf dem Kies um das Gebäude herum geparkt waren.

»Vergleichen wir unsere Uhren, Slucca.«

Auf meiner war es 22.06 Uhr.

»Gut, ich fahre jetzt nach Hause und warte. Du kannst mich bis, sagen wir, Mitternacht anrufen, danach gehe ich nicht mehr ans Telefon. Ich sehe mir die Aufzeichnung dieser gestrigen Debatte über das Komitee für die hysterische Krise an, ich will hören, was Bazzecca gesagt hat.«

Dann legte er mir, eine für ihn ganz ungewöhnliche

Geste, den Arm um die Schultern und drückte mich liebevoll.

»Geh ganz ruhig, Slucca.«

»Aber da werden doch überall Leibwächter sein, die werden mich nicht mal hereinlassen.«

»Die Eigentlichen Mächte gehen zu diesen Treffen immer allein. Und vielleicht sogar auch verkleidet, wie du. Viel Glück, Slucca, gib gut acht und halt die Augen offen.«

Ich schloß sie, um ein letztes Mal die Welt, das Leben zu grüßen; darauf setzte ich erst den einen, dann den anderen löcherigen Schuh auf die Erde, stieg aus ... ich hofftara, betetara, berührtara wenigstens das Metall meiner Schlüssel.

Die Straße war still, schwach beleuchtet, verlassen bis auf zwei am Rand parkende Autos. Ein Hund bellte ganz weit weg, ein Martinshorn jaulte in der Ferne vorüber. Als ich das offene Gittertor passiert hatte, machten meine Schritte auf dem Kies einen Lärm, der zehn betrunkene Leibwächter und mindestens ein halbes Dutzend geifernde Rottweiler aufgeweckt hätte. Aber kein Leibwächter rührte sich, ebensowenig ein Hund.

An der Vorderfront sah ich ein überdachtes Portal über einer kleinen Steintreppe und eine Haustür mit dicken Eisenbeschlägen. Geschlossen, die Laterne darüber dunkel. Ich bog um die Ecke und sah das Licht im Souterrain. Ein tiefer Atemzug, und dann die wenigen, unzähligen Stufen hinunter. Musik und Gesang waren zu hören.

Ich klopfte, die Tür ging sofort auf, und ich sah mich einem Todesengel gegenüber, einer knochigen Frau mit kohlschwarzen, streng nach hinten gezurrten Haaren, großen schwarzen Augen, radikal abrasierten Brauen und diesmal ohne Schmuck: Es war die Firstdomina. Abhauenara, so schnell wie möglich verduftenara ...

Sie schenkte mir ein Lächeln (Grinsen) des wärmsten Willkommens. »Nur herein, nur herein, Sie sind gerade rechtzeitig zur Zitronentorte eingetroffen.«

Keine Fragen. Warum? Hatte sie mich erkannt und ließ sich nichts anmerken? Oder steckte sie mit Migliarini unter einer Decke und wußte bereits, daß ich kommen würde? Da hatten wir's, genau so fängt das Bangen und Zittern des Eingeschleusten an. Sie selbst konnte von jemand anderem eingeschleust sein, oder war sie etwa, da sie nicht verkleidet war, einfach aus humanitären Gründen gutgläubig und gutwillig hier?

»Verzeihenara«, murmelte ich und trat über die Schwelle.

In dem Souterrainraum waren eine Menge Leute, es herrschte eine große ethnische Konfusion, Marokkaner, Äthiopier, Rumänen, Tschingalesen, Chinesen, Peruaner und andere, deren Herkunft ich nicht genau bestimmen konnte, Polen vielleicht, wenn nicht Russen. Auch die Musik war streng multiethnisch, das heißt drei oder vier CDs verbreiteten gleichzeitig vorderorientalische, afrikanische, asiatische usw. Volksweisen. Eine festliche Koexistenz verschiedener Kulturen.

»Genau da muß man ansetzen«, sagt Migliarini oft,

»bei den einfachsten, grundlegendsten Dingen, bei den dummen Witzen, Kalauern, den Soßen zum Giraffengulasch. Es sind diese kleinen Dinge, von denen ausgehend sich allmählich eine gemeinsame Toleranz aufbauen läßt, eine offene Kultur. Fang mit einem tschetschenischen Witz an, und du kommst schließlich zum Römischen Recht.«

»Aber wenn man über den tschetschenischen Witz nicht lachen muß?« gab Vasone zu bedenken, der nicht einmal über italienische Witze lacht.

»Dann lacht man aus Höflichkeit, aus gebotenem *savoir vivre*«, erklärte Migliarini lachend. »Und ein Lachen führt zum andern, das weiß man doch, das Lachen ist der erste, entscheidende Schritt zum Verständnis des anderen, des Abweichenden. Wenn der Tschetschene über den Witz von der Nonne lacht, die sich einen Büstenhalter kauft ...«

»Erzähl ihn nicht«, sagte Vasone, »ich bin kein Tschetschene, bei mir wäre der Witz für die Katz.«

Die Decke des großen Raums war niedrig, die Wände waren mit sympathischen Motiven multiethnischen Lebens bemalt, nackte Kinder, die über eine Müllhalde liefen, eine belebte Straße in Nairobi mit einem Gucci-Laden im Hintergrund, ein Crossradrennen im Regenwald. Von diesen sogenannten Zentren der vierten Aufnahme haben wir zwei in Rom und eines auf Ischia. Sie sind nach der Leitidee einer Onorevole Fabiocchi nahestehenden Studiengruppe entstanden und sollen den illegalen Einwanderern helfen, die bereits die erste Stufe der Aufnahme (Decken und warme Mahlzeiten), die zweite (Container mit

fließendem Wasser), die dritte (gelegentliche Schwarz-
arbeit) hinter sich haben und nun anfangen, mit dem
taedium vitae, dem Alltagsüberdruß Probleme zu kriegen. Sie haben sich eingegliedert, sie haben sich ange-
paßt und eingeordnet, aber an diesem Punkt kommen
die ersten Fragen, was das alles nun heißen soll. Sie
werden reizbar oder schwermütig, denken wehmütig
an gewisse Wiesen oder Gassen ihrer Kindheit zurück,
fallen der Nostalgie anheim, brüllen Familienangehö-
rige oder Freunde an. Die Tomatenernte sagt ihnen
gar nichts mehr, das Drogendealen langweilt sie, sie
gehen ohne Enthusiasmus betteln, die Zuhälterei erscheint ihnen als eintönige Beschäftigung, trotz der
Verschiedenheit der Klienten. Es sind tiefe existen-
tielle Krisen, die der Okzident nur allzugut kennt und
die jahrhundertelang seine größten Denker und Dichter beschäftigt haben.

»In Sachen totaler Verzweiflung«, sagt Migliarini,
»haben wir die Führungsposition, Slucca, und auf diesem Terrain können wir einander begegnen, einander
verstehen, dauerhafte Beziehungen der Gemeinschaft
mit diesen Unglücklichen knüpfen. Die Empfindung
des Nichts, der Vergeblichkeit alles Tuns, ist allen Kulturen, allen Zivilisationen gemein. Wie oft passiert
uns nicht angesichts eines sich in unserem Bett räkeln-
den irischen Topmodels, daß wir von einem Gefühl
abgrundtiefer Fremdheit, schwindelerregender kos-
mischer Einsamkeit überwältigt werden. Wer ist die da
bloß? Was macht sie zwischen meinen Leintüchern?
Was hat die mit mir, mit meinem Leben zu tun? Ge-
nauso ist es mit dem letzten Modell BMW Coupé: Du

hast es eben erst gekauft, du schaust es dir an, und plötzlich ist es dir völlig gleichgültig, es ist ein Haufen Plastik und Metall auf vier lächerlichen Rädern. Das sind entscheidende Erfahrungen, die uns diesen Illegalen näherbringen, uns erlauben, uns mit ihnen an einen Tisch zu setzen, ihnen zu erklären, daß auch wir so etwas durchgemacht haben, Slucca, wie Sophokles und der Ekklesiastikus, Ingmar Bergman und Peppino di Capri beweisen. Im Rahmen der absoluten Verzweiflung können und müssen alle einander umarmen, ohne ethnische Grenzen.«

Ich sah mich ohne Vorurteile um, zur Umarmung bereit, gab aber dabei gut acht, beziehungsweise hegte gegen jedermann Verdacht. In diesem bunten lärmenden Trubel wäre es für einen oder mehrere der Eigentlichen Mächte nicht schwer gewesen, sich zu tarnen. Hinter einem langen Tisch schnitten zwei junge Chinesinnen mit etwas zu breiten Gesichtern die Zitronentorte auf; mindestens ein schrilles Dutzend hochgewachsener Nigerianerinnen auf Stöckelschuhen flatterte von Gruppe zu Gruppe, wie von einem launischen Wind herumgeweht, der ihnen die weiten Gewänder blähte; eine junge Frau mit einem Ring im Nabel und einem leuchtendgrünen Irokesenschnitt unterhielt sich gestikulierend mit einer sudanesischen Hausfrau; Kolumbianer und Kolumbianerinnen tanzten einen vielleicht rituellen Reigen im Uhrzeigersinn und dann andersrum, nach den Kommandos eines Armeniers, der auf einer leeren Bohnerwachsdose in der Mitte des Kreises stand. Viele Zähne waren zu sehen, viel Gelächter war zu hören, jedesmal, wenn ein tschetschenischer Witz ins Suaheli und dann nacheinander, jeweils wieder unter Lachsalven, ins Polnische, in einen Berberdialekt, ins Georgische übersetzt wurde.

Es war eine familiäre, lustige Atmosphäre, aber ich hörte nicht auf, gut achtzugeben, und verlor die Firstdomina, die zwischen ihren Gästen umherglitt, nicht aus den Augen. Ein kleiner Wink, ein Zwinkern hätten mir, zum Beispiel, die wahre Identität dieser algerischen Flötenspieler verraten können. Oder vielleicht war ja unter den senegalesischen Trommlern einer mit einem geschwärzten Gesicht, der von einer Londoner Großbank kam. Und wie hätte ich ausschließen sollen, daß sich im Kreis der Morraspieler aus dem Iran der Aufsichtsratsvorsitzende einer Multinationalen verbarg?

Ich glättete mir die sehr ratlos hängenden Schnauzenden, wegen meiner Verkleidung war ich inzwischen beruhigt. Ich wirkte nicht nur wie, *ich fühlte mich* wie ein ruinierter, verkrachter türkischer Kaufmann, der nur noch den Gashahn aufdrehen kann. Dann kam die Firstdomina wieder zu mir und schlug mir vor, doch zur Hebung meiner Stimmung bei einem der ethnischen Tänze mitzumachen.

»Danke«, sagte ich mit einer Verbeugung. »Ich tanzara nicht, mir gehtara nicht so gut.«

»Aber dann trinken Sie doch wenigstens einen Becher Tee«, drängte sie beflissen.

Was für ein Spiel spielte sie? Hatte sie einen Verdacht? Ich mußte gut achtgeben. Mich wieder verbeugend, nahm ich den Papierbecher mit Minztee an und entfernte mich wie zufällig mit kleinen Schritten. Dann machte ich eine Drehung, um zu sehen, ob sie mir folgte, und stieß ganz zufällig mit dem Mädchen mit der grünen Irokesenbürste zusammen.

»Verzeihara«, sagte ich. »Entschuldigara.«

Sie schnitt eine Grimasse. Ihre Lider und Fingernägel waren ebenfalls grün. Sie trug ein violettes Top und ganz kurze Shorts aus einem silbrigen Material. Unter ihrem bloßen Nabel hatte sie einen geräumigen orangefarbenen Beutel um die Hüften geschlungen, und ihre weißen, glänzenden Stiefel reichten ihr bis zu den Schenkeln hinauf. Mit all diesen Attributen war sie größer als ich.

»Albanerin?« fragte ich sie liebenswürdig.

Zweite Grimasse, Augen nach oben verdreht. Ein schönes Mädchen, aber in dieser multiethnischen Atmosphäre hätte sie ruhig ein bißchen weniger widerborstig sein können. Allerdings kenne ich mich in den Beziehungen zwischen Albanern und Türken nicht besonders aus, vielleicht sind sie durch eine jahrhundertealte Rivalität wegen eines Flusses getrennt, vielleicht auch durch einen unerbittlichen Haß auf die Griechen, die Walachen, die Montenegriner verbrüdert oder sonst etwas. Und ich hatte im Augenblick den alten Senator Portis nicht zur Hand, der sich gewiß aus dem Stegreif an eine Schlacht aus dem 12. Jahrhundert erinnert hätte, auf die alles zurückzuführen war, einschließlich der jetzigen Feindseligkeit des Mädchens. Es gab keinen Tisch, an den ich sie zu einem klärenden Dialog hätte einladen können, und so eröffnete ich die Verhandlungen stehend.

»Anschaffstara?« fragte ich sie, um ein wenig das Eis zu brechen. »Strichara?«

Ihre vergoldeten Lippen formten unhörbar eine Aufforderung von starkem obszönem Gehalt, als wollte sie in der herzlichen und freien Atmosphäre hier ihr Gewerbe vergessen, das älteste der Welt, wie es doch heißt.

Vasone ist in diesem Punkt allerdings anderer Meinung. Er hat nichts gegen die Prostitution (Als »ein notwendiges Gutes« definiert er sie), aber daß sie so uranfänglich sein soll, wie die Prostituierten behaupten, das reizt ihn zum Widerspruch.

»Das älteste Gewerbe der Welt? Papperlapapp«, sagt er. »In keiner primitiven Gesellschaft an den Anfängen der Zivilisation hat es Prostituierte gegeben, während wir schon da waren, als Zauberer, Schamanen, Stammesälteste. Unser Gewerbe ist das älteste der Welt, wir Politiker haben dieses Primat. Die Huren sind, mit allem Respekt gesagt, erst später gekommen, in bezug auf das Alter schlagen wir sie überlegen, um mindestens ein oder zwei Jahrtausende.«

Ich hätte mich umdrehen und sie da stehenlassen können, sie und ihren aggressiven Albanerstolz, aber dieses zarte nackte ringgeschmückte Bäuchlein (einen kleineren Ring hatte sie auch in der Nase) rührte mich irgendwie, es verdiente eine letzte Anstrengung multiethnischer Annäherung. Ich nahm zart den Ring zwischen die Finger und fragte mit einem Verhandlungslächeln: »Darfara ich anprobierenara?«

Und ich versuchte, ihn mir auf den kleinen Finger zu stecken. Sie nahm das nicht gut auf und signalisierte mir das deutlich mittels eines Schlags auf die Hand. Doch einen Augenblick später nahm sie es plötzlich sehr gut auf, schlang mir die Arme um den Hals, legte die Lippen an mein Ohr und flüsterte: »Keine Dummheiten jetzt, Slucca, das ist nicht der richtige Zeitpunkt.«

Verdammtara nochmalara, sie hatte mich entlarvt, ich stand entblößt hinter der feindlichen Linie. Aber wer war die Entlarverin? Was für ein Spiel spielte sie?

»Aber wer bist du?« fragte ich, und schon im Fragen erkannte ich sie meinerseits. Ebenfalls verkleidet und eingeschleust, konnte sie doch niemand anders sein als die rasende Fernsehreporterin, Lauretta die Hyäne!

»Verzeihara«, stammelte ich. »Da habara ich mich gewaltig vertanara.«

Sie zuckte die Achseln. »Bist du auch wegen der ...«

»Ja, Migliarini hat mich eingeschleust, er sagt, in diesem Zentrum der vierten Aufnahme ...«

Ich ließ den Blick durch den gedrängt vollen und hüpfenden Raum schweifen.

»Aber, Slucca, ich bitte dich, die hier haben doch nichts damit zu tun, die dienen doch nur als Deckung.«

»Sind das alles echte Illegale?«

»Durch die Bank. Die Sache findet da ... statt ...«

Sie hatte das Näschen mit dem Ringlein zur Decke hochgereckt. »Und da oben, was ist da?«

»Ein Pärchenklub zum Partnertausch. Deswegen habe ich mir, kaum bist du hier hereingekommen, gesagt: das ist mein Mann.«

»Als Türke?«

»Als Slucca, Slucca. Ich habe dich in der ersten Sekunde erkannt. Los, komm, gehen wir mal da ein bißchen gucken.« Ich zögertara, versuchtara Zeit zu gewinnen.

»Aber ich habe Durst, ich würde mir gern noch einen Becher Tee holen.«

Sie faßte mich am Handgelenk und führte mich (süßes eisernes Händchen) durch die quirlige, schwitzende Menge. Konnten wir uns denn einfach so, auf französisch (oder hier vielleicht auf sudanesisch, auf tunesisch) empfehlen, ohne uns von jemandem zu verabschieden? versuchte ich ihr durch Ziehen an ihrer Hand zu verstehen zu geben. Klar doch, antwortete sie mit einem ausdrucksvollen Kratzer. Wir standen vor einer kleinen Eisentür, sie drückte dagegen, sie stieß sie auf.

Wir befanden uns in einer halbfinsteren verlassenen Vorhalle, deren Wände mit dunklem Holzpaneel verkleidet waren. Mir gefiel dieser leichte Zugang ganz ohne Kontrollen, ganz ohne Leibwächter gar nicht. Hatten wir uns in eine Falle locken lassen?

»Komm, Slucca, es besteht keine Gefahr«, sagte sie mit der Kühnheit Jeanne D'Arcs, eine Minute bevor die Burgunder sie gefangennahmen.

Ich hätte gern auf ein anderes Programm geschaltet, die Angst des Eingeschleusten schnürte mir die Kehle zu. Mit meinen ausgelatschten Schuhen rutschte ich auf dem Marmorboden, ich lehnte mich an ihre Schulter, wir kamen zu einer mit Schnitzereien verzierten Tür.

»Hier muß es sein«, sagte sie mit der Hand auf dem Türknauf. »Komm, wir sind ein Pärchen, niemand wird auf uns achten.«

Ich zögerte, stemmte mich zurück, schob die Schuhe etwas nach vorn, aber die Füße blieben, wo sie waren. Ach, jetzt umschalten können, auf irgendein anderes Programm ...

»Aber wenn du mich gleich erkannt hast ...«

»Was hat das damit zu tun? Ich habe das professionelle Auge, hier drinnen wird man dich nicht mal wahrnehmen, Slucca.«

»Aber um in so etwas hineinzukommen, muß man doch Mitglied sein, eine Mitgliedskarte haben.«

Sie steckte die Hand in den rechten langen Stiefelschaft, zog eine Plastikkarte heraus. »Da hast du die Mitgliedskarte, sie gehört einem Freund von mir. Aber du wirst sehen, niemand wird dich danach fragen.«

»*Globalized frequent fornicator*«, stand in Leuchtschrift auf der Karte.

Das gefiel mir nicht, das war nicht mein Stil, das war nicht meine Welt. Und, mit äußerster Deutlichkeit gesagt, am allerwenigsten gefiel mir die Vorstellung des Partnertauschs. Gegen den Tausch im allgemeinen habe ich ja nichts; Mehrwegflaschen, Tausch der Ämter, Ernennungen, Vorstands- und Vizevorstandssessel, das ist alles in Ordnung. »Der Tausch, der Tauschhandel«, sagt Migliarini in den Zeiten vor den Wahlen, »ist die ursprüngliche Basis der Kultur, ohne den Tausch eines Sackes Nüsse gegen einen Sack Pinienkerne würden wir alle noch in den Wäldern hocken, jeder in seinem kleinen autarken Stamm. Wenn wir von Globalisierung reden, dürfen wir nie vergessen, von wo alles ausgegangen ist: Nüsse gegen Pinienkerne, Slucca, damit hat alles angefangen.«

Aber der Frauentausch? Auch der wird an der ursprünglichen Basis der Kultur stattgefunden haben, aber mir wollte die Globalisierung der schönen Albanerin einfach nicht schmecken, ich fühlte mich entschieden in Gegentendenz, auf Stammesposition in den Wäldern verschanzt.

Sie drehte am Türknauf, wir traten ein, machten ein paar Schritte in einem rosig angehauchten Dämmerlicht, die Farbe der äußersten Rechten, wenn sie ganz leicht durch eine maßvolle, verantwortliche Linke gemildert ist. Man konnte wenig sehen, man hörte kleine Schreie, Seufzer und Stöhner, die von Sofas, breiten Sesseln, Kissenbergen auf dem Boden herkamen. War so eine Orgie? Ich hatte mir das, wie soll ich sagen, weniger zahnarztmäßig vorgestellt. Weißliche Umrisse bewegten sich in diesem Dämmerlicht mit der Langsamkeit, der qualvollen Verzögerung eines Gesetzes über die Milchproduktion in Europa.

Dann spürte ich etwas an meinen Beinen entlangstreichen, jemand, der mich zum Mitmachen bewegen wollte. Als ob ich nicht im Laufe meines Lebens schon ganz andere Versuchungen, ganz andere drängende Aufforderungen zurückgewiesen hätte (»Schließ dich uns an, Slucca, wir lassen dich auch 3 km Autobahn einweihen«, »Komm in unsere Gruppe, Slucca, wir garantieren dir die Einweihung von 5 Fußgängerunterführungen in Mailand«), als ob ich, im Schatten

Migliarinis, nicht gelernt hätte, mich zu entziehen, in Deckung zu bringen, zu distanzieren.

Doch diese unbestimmte orgiastische Kreatur, unklar ob Mann oder Frau, ließ nicht von mir ab. Ich versuchte es mit einem weichen Fußtritt, aber sie war nicht abzuschütteln. Schließlich trat ich unmißverständlich kräftig nach ihr und bekam zur Antwort ein unmißverständliches Jaulen.

»Aber was machst du denn, Slucca, siehst du nicht, daß das ein Hund ist?« zischelte die Albanerin. »Es ist das Windspiel der Firstdoofy.«

Also war hier außer der Firstdomina auch die Firstdoofy zugange! Ich hätte es mir denken können, diese Weltdamen lassen keine Gelegenheit aus, die sind immer da, wo die Musik spielt.

»Und die hat ihn auch hierher mitgenommen?«

»Aber gerade an solchen Orten ist doch ...«, flüsterte sie. »Weißt du denn nicht, wo man so ein Windspiel einsetzen kann, Slucca?«

»Na, bei Rennen, nicht?« flüsterte ich meinerseits. »Das ist ein Rennhund, und ich sehe nicht, wie ...«

»Wo lebst du eigentlich, Slucca? Ein Windspiel wird traditionell ... Entschuldige, ich kann dir doch jetzt keine Zeichnung davon machen, gebrauch ein wenig deine Phantasie ...«

Ich habe nicht diese Art Phantasie, aber in *meiner* Phantasie malte ich mir das Schlimmste aus, eine Polizeirazzia, die Schlagzeilen: *Falscher Türke in fragwürdiger Stellung zwischen den Pfoten eines Windspiels überrascht: Es war Onorevole Slucca; Animalistische Konversion von Onorevole Slucca. Von der Kammer ins Hundekörbchen;*

Onorevole Slucca im Visier des Verbands der Hundelieb-
haber. Keine parlamentarische Immunität für Mißbrauch am
Freund des Menschen.

Und an diesem bereits so emotional schwer zu be-
wältigenden Punkt zog sich dann noch Lauretta die
Hyäne das violette Top aus, und darunter war nichts.
Das heißt, es sprangen zwei, wie soll ich sie nennen,
Wortmeldungen oder, wenn man will, solide gleich-
wertige Mehrheitserhebungen hervor, die auch in
diesem Schummerlicht und mit Hundeaugen gesehen ... Ich hielt mir die Hand vor die Augen. Ent-
setztes Zischeln: »Bist du wahnsinnig geworden?«

Rechtfertigendes Zurückzischeln: »Ich muß jetzt da
eine Runde drehen, um zu sehen, wer, und wer nicht,
hier drin ist, und ich muß disponibel wirken, Slucca,
am Tausch interessiert.«

Befehlendes Zischeln: »Zieh dir dieses Ding wieder
an!«

Ungeduldiges Zischeln: »Ich mache bloß meine
Arbeit, Slucca. Und überhaupt«, giftiges Zischeln,
»laß diesen islamischen Fundamentalistenton, ich sehe
doch, daß du linst.«

Unschuldiges und verletztes Zischeln: »Ich linse
nicht.«

Verdammendes Zischeln: »Du linst, Slucca, du linst
wie ein alter Spanner am Schlüsselloch vom Damen-
klo.«

Sie verschwand unter diesen gespenstischen Umris-
sen in diesem Geraune und Waschbeckenblubbern
und ließ mich allein, dem Windspiel ausgeliefert, das
wieder angefangen hatte, mich zu belästigen.

Zischeln im Geist: »Fort, hinweg von mir, unflätiger Vierbeiner.«

Und ich verpaßte ihm mit dem Knie einen Stoß endgültigen Abbruchs der Verhandlungen, der ein schändliches Flehen zur Folge hatte: »Oh, du willst mir weh tun, ja, ja, tu mir weh, hör nicht auf, weiter, weiter!«

Es mußte das Frauchen des Hundes sein, die Firstdoofy auf allen vieren, die offenbar von mir ein Sado-Masospiel verlangte. Sie umklammerte meine Beine, rieb den Kopf an meinen Schenkeln.

»Ich schlagara nicht, peitschara nicht, ich respektara das schwache Geschlecht.«

»Aber du bist ja ein Türke«, säuselte sie. »Komm runter, wir machen es *alla turca*!«

Ich hob das Knie und gab gut acht, diese Szene war nicht nur maßlos peinlich, sondern auch verdächtig; die Frau konnte eine Provokateurin sein, die mich im Verein mit ihrem instrumentalisierten Hund von meiner Mission ablenken wollte. Nicht daß ich nicht versucht gewesen wäre, ihr gehörig ein paar zu versetzen, dieser Störenfriedin und Spionin, die mir den Weg versperrte. Aber ich wollte ihr keinesfalls etwas zu Gefallen tun, und so tappte ich mit vor mir ausgestreckten Armen von ihr weg, bis ich mit einem schwarzen Gespenst in einem bodenlangen Seidencape zusammenstieß; das Gewebe glitt mir zwischen den Fingern durch. Beruhigendes Zischeln: »Hab keine Angst, Slucca, das ist kein Vampir, *ich* bin's.«

Diese sündige Atmosphäre, diese knisternde Seide, diese beiden Erhebungen ...

»Hände weg, hier wird nichts eingeschleust, Slucca, wir müssen gehen.«

Ihr Erkundigungsgang hatte nichts ergeben, in dem dämmerigen Salon waren nur Sosolala-Mächte.

»Auch das ist nur eine Tarnung, wir müssen in den nächsten Stock, los, komm.«

Durch Röcheln (aber wenn ihr mich fragt, schnarchten da auch ein paar) und leise gestöhnte Ausrufe hindurch, brachte sie mich zur Tür. Wir waren zurück in der Vorhalle. Niemand war da, und sie zog sich ihr Top wieder an. Ich habe absolut nicht gelinst.

Eine geschwungene breite Treppe mit einem abgegriffenen Geländer führte ins obere Geschoß hinauf.

»Wo hast du das Cape gefunden?«

»Es lag über einem Sessel, und ich hab es mir genommen, es macht einen etwas unsichtbarer.«

Es hatte etwas Verfängliches, dieses Kleidungsstück, ein zärtliches Spiel von Falten und Fältchen, die sich bildeten, sich lösten, sich wieder bildeten, sich entzogen wie in einer fragilen Koalitionsregierung. Es packte einen die Lust, es zu Fall zu bringen und gleichzeitig mit beiden Händen hineinzufahren, ihm bedingungslose Anhängerschaft zu gewähren.

Oben an der Treppe ging ein Korridor nach links ab, ein Korridor nach rechts. Es gab von schweren, dunklen Portieren verhangene Türen, dazwischen ein paar löwenfüßige Holzsessel, und es war völlig still.

»Ob das hier ist?«

Es roch nach Eigentlichen Mächten, ich hörte überstürzte Schritte, die sich als mein Herzschlag herausstellten, Schauder liefen mir das Rückgrat hinauf und hinunter, wie verrückte Ergebnisse der Meinungsumfragen vor den Wahlen. Ich machte einen Schritt. Zwei. Das alte Parkett knarrte hoffnungslos. Ich nahm die Hand der jungen Frau.

»Wir sind am Ziel, Slucca, mach nicht ausgerechnet jetzt auf Espenlaub, laß mich gehen.«

Sie schlug den linken Korridor ein, wahrscheinlich zufällig, aber mit der Sicherheit einer Person, die weiß, wohin sie geht. Sie schob den Vorhang vor der ersten Tür auseinander. Verschlossen. Den vor der zweiten. Verschlossen.

»Laß doch. Die sind alle zu«, sagte ich, der ich ihr leise rutschend folgte. »Migliarini war eben schlecht informiert, hier sind keine ...«

Sie flatterte in ihrem Cape zur dritten Tür, verschwand hinter der Portiere. Und kam nicht mehr heraus.

Als ich die beiden Draperien auseinanderzog, sah ich ihre Augen verzweifelt über einer großen Hand hervorlinsen, die nicht ihre war und ihr den Mund zuhielt. Und hinter ihr, mit dem Rücken zur Wand, einen Mann, der sie an sich drückte und mit der Rechten mit äußerster Deutlichkeit einen Pistolenlauf auf mich richtete.

»Runter«, befahl er im Flüsterton einer Hinrichtung aus nächster Nähe. Blitzschnell gingen mir alle offensiven und defensiven Manöver aller Actionfilme und -fernsehspiele durch den Kopf, aber ich versuchte kein einziges. Ein Mann der Nicht-Action, Slucca, ein Ritter voller Furcht und Tadel. Ich fiel auf die Knie und mied so den Blick der Gefangenen, die hinter der dicken Hand »Mmmmm! Mmmmm!« flehte (Übersetzung: »Laß dir etwas einfallen, Slucca, sei doch nicht so unjapanisch!«). Aber ich war doch ein türkischer Händler mittleren Alters, ruiniert, illegal eingewandert, machtlos.

»Entschuldigara«, stammelte ich, »habara mich im Stockwerk geirrtara, suchara Toilette …«

»Ah!« knurrte der Mann, »da ist er, der Türke.«

»Mmmm!… Mmmm …!« machte Lauretta, sich windend.

»Und du, halt still!«

Da biß sie ihn in die Hand, er ließ sie einen Moment los, und Lauretta stieß ihm mit aller Wucht ihre grüne Irokesenbürste in die linke Schulter. »Was machst du denn, du Dackel, siehst du nicht, daß wir es sind?«

Der Mann musterte sie einen Augenblick lang. »Signorina!«

Mir hob er mit der Pistole den Schnauzbart an, dann die Mütze, daß sie herunterflog.

»Onorevole!«

Vor uns, in einer fein schwarzgelb gestreiften Bedienstetenjacke (aber mit einem eleganten Seidentuch um den Hals), stand der Bandit der fünfunddreißig Stunden, Domenico Esposito, genannt Dedé der Dialogator.

»Dedé«, schalt die junge Frau ihn aus, »du hast mir mein Make-up ruiniert!«

»Und Sie, entschuldigen Sie, haben mir meine Schulter ruiniert«, klagte er.

Und schon massierte er sie sich mit seiner unverwechselbaren Geste.

»Dedé, aber was machst du denn hier drin und erschreckst uns mit dieser Pistole?«

Er entschuldigte sich einmal über das andere, offensichtlich war ihm gar nicht wohl. Das sei keine richtige Pistole, nur eine Spielzeugwaffe mit einer roten Kappe, da habe er sie ja, jetzt stecke er sie wieder drauf. Aber sollte er denn nicht im Zuchthaus sein, sei er vielleicht ausgebrochen? Nein, es sei alles in Ordnung, er habe jetzt nächtlichen Freigang, er verlasse die Strafanstalt so gegen 19.00, 19.30 Uhr abends und kehre pünktlich um acht Uhr morgens zurück. Eine Vergünstigung, die ihm wegen »Bewundernswerter Führung«, der höchsten Stufe im Vollzug, gewährt worden sei. Jemand habe ein gutes Wort für ihn eingelegt und habe ihm kürzlich auch diese Arbeit verschafft. Was für eine Arbeit? Dedé zögerte, spähte den Korridor hinauf und hinunter, ließ uns in einen Raum eintreten, der vermutlich einmal ein Schlafzimmer gewesen war, mit Grotesken im pompejanischen Stil an der fleckigen Decke, einem Feldbett in einer Ecke, einem Bettvorleger. Es gab auch ein paar Regale aus durchbrochenem Metall mit Keksschachteln darauf, Stapeln von CD-Roms, CDs, Kassetten, einem Radio, ein paar Büchern; und auf einem an der Wand stehenden Tisch zwei Computer, einen großen und einen kleinen, und eine Rose in einer hohen, schmalen Vase.

»Ich dialogiere ein wenig im Internet, ich habe einen Spezialkurs gemacht«, erklärte Dedé. »Ich habe auch Spiele, um mir die Zeit zu vertreiben.«

Auf einem der Monitore war in der Tat eine lärmende Schlacht zwischen antiken Kriegern im Gange, die sich mit Lanzen und Pfeilen beschossen oder mit Schwertern durchbohrten. Dedé drückte schnell eine Taste, enthauptete einen halb hinter einer Palme versteckten Feind und stellte ab.

»Diese Moabiter sind wirklich gefährlich«, seufzte er. »Die springen von allen Seiten heraus.«

»Und du, auf welcher Seite bist du?«

»Diesmal bin ich Hettiter. Aber es gibt auch Assyrer gegen Ägypter, Babylonier gegen Chaldäer, wir haben die ganze Educational -Serie *Die fernen Ursprünge des Balkankriegs*, ich habe große Auswahl.«

Er lächelte, bot uns Kaffee an, er hatte eine schöne Espressomaschine, Typ Cafébar, auf einem Regal stehen. Nichts überzeugte mich an dieser Situation, und ein Blick, den Lauretta mir zuwarf, machte mir zur Genüge deutlich, daß auch sie das alles höchst fragwürdig fand.

»Dedé, erzähl mir doch nicht, daß du bloß hier bist, um mit den Moabitern zu kämpfen.«

Der Hettiter hieß uns auf zwei Klappstühlen Platz nehmen, stellte uns ein Schälchen mit Zuckertütchen hin. »Zucker oder Süßstoff?«

»Dedé ...«

Es war klar, daß er Zeit zu gewinnen suchte, daß ihm unbehaglich war, daß er sich in dieser etwas eng sitzenden Jacke, mit diesem etwas zu fest umgebundenen Schal nicht wohl fühlte.

»Dedé, du bist nicht glaubwürdig, was machst du hier wirklich?«

Der Hettiter schwieg gedankenverloren, dann wich er wieder aus.

»Böh ... die haben mir gesagt, es sei eine praktisch virtuelle Arbeit, so zwischen Nachtportier und Zimmerkellner ... Ich müßte höchstens mal runter, wenn jemand im unteren Stock mich brauchen sollte.«

»Aber weißt du, was im unteren Stock vorgeht?«

»Nein, weiß ich nicht, in den zwei Wochen, die ich jetzt hier bin, haben sie mich nie gerufen, ich komme über eine Hintertreppe hierherauf, sehe niemanden, rede mit niemandem ...«

Er zappelte auf seinem Stuhl herum, massierte sich die Schulter, zündete sich eine Zigarette an, blickte sich unruhig im ganzen Zimmer um, seine Lippen versuchten ein kameradschaftliches Lächeln. »Aber nein so was auch«, wiederholte er, »schau, schau, daß wir uns alle hier so wiedertreffen!«

Er log wie gedruckt, der alte Dedé, der unbesiegbare Hettiter. Und ich fing an zu überlegen: Dieses Zentrum im Souterrain unter der Leitung der Firstdomina war eine Tarnung; dieser Pärchenklub für unvorstellbare Tauschaktionen unter der Leitung der Firstdoofy war eine weitere Tarnung ... Es konnte kein Zufall sein, die beiden Rivalinnen gaben vor, sich von *salon* zu *salon* zu verabscheuen, aber hier drinnen arbeiteten sie zusammen, hatten in Wirklichkeit jede ihre genau angewiesene Rolle in dieser Inszenierung, im geheimen Plan der Eigentlichen Mächte. Und auch Dedé der Dialogator steckte da irgendwie mit drin. Wenn er als Nachtportier angestellt war, warum saß er dann nicht am Haupteingang? Und wenn er als Zimmerkellner engagiert war, warum ging er dann nie ins untere Stockwerk hinunter? Eine bestürzende Möglichkeit stieg zitternd an meinem Horizont auf: *Er* war der Boss, das hier war sein Schlupfwinkel, alle Eigentlichen Mächte hingen von ihm ab, setzten sich mit ihm an diesen Tisch, um diese Rose herum, und unter seiner Leitung trafen sie die großen nationalen und internationalen Entscheidungen, Tokio und Rom, Zürich und Washington, Berlin und ...«

»Gibt es hier vielleicht ein Badezimmer?« fragte das Mädchen. »Ich würde gern mein Make-up etwas auffrischen, ich muß furchtbar aussehen ...«

»Aber natürlich, Signorina, kommen Sie.«

Er stand auf, begleitete sie zu einem Türchen in einer Ecke und kehrte zu mir zurück, massierte sich, meinem Blick ausweichend, die Schulter.

»Schön, diese Rose«, sagte ich, bloß so, um den Dialog zu eröffnen.

Ich nahm die enge Kelchvase, führte mir die Rose an die Nase. »Aber sie duftet nicht«, bemerkte ich.

»Tja, was wollen Sie, Onorevole? Das sind eben Züchtungen, die sind schön zum Anschauen, aber Duft ...«

Lauretta kam wieder herein und hielt am Absatz einen Pantoffel mit himmelblauem Pompom hoch. »Dedé, wo ist der andere?«

»Äh, böh, ich weiß nicht, vielleicht ist er unter das Bett gerutscht.«

Er ging auf dem kleinen Kelimläufer in die Knie, steckte den Arm unter das Bett, zog mit angewiderter Miene den anderen Pantoffel hervor.

»Da drunter ist es ja ganz staubig, hier muß wirklich einmal ...«

Ich sah ihn verdutzt an. Dedé der Dialogator in Frauenkleidern? Im Zuchthaus gehen ja Dinge vor sich, von denen die im Weißen Haus nicht einmal träumen, aber ...

Lauretta faßte die Pantoffeln an den hohen Absätzen, schwenkte sie einen Augenblick hin und her, reichte sie Dedé. »Zieh sie mal an, laß sehen, wie sie dir stehen.«

»Aber das sind nicht meine!« schrie Dedé und ließ sie fallen. »Die sind Größe 44, ich trage eine kleinere Größe, 42 einhalb!«

Lauretta kam zum Tisch, schnupperte ebenfalls an der Rose. »Sie duftet nicht, schade.«

»Wie ich gerade zum Onorevole sagte ...«

»Dedé, wen willst du hier verarschen? Im Bad habe ich zwei gleiche Bademäntel hängen sehen, da sind diese Pantoffeln, die Leintücher auf dem Bett haben ein Kaschmirmuster, du hast ein Hermès-Halstuch um, und hier ist eine Rose in einer Lalique-Vase. Dedé, also bitte, die weibliche Note ist doch unübersehbar, meinst du nicht auch?«

Er neigte den Kopf, sank müde auf einen Stuhl am Tisch, lockerte sich mit einer Grimasse das Halstuch. Dann ermannte er sich jedoch, richtete sich auf und legte die Hand aufs Herz. »Ich bin ein Gentleman«, ging er zum Angriff über. »Ich habe nicht vor, eine Dame zu kompromittieren, das ist nicht mein Stil.«

»Dedé, und wenn es ein Herr wäre?«

Er schlug mit der Faust auf den Tisch, daß Vase und

duftlose Rose wackelten. »Signorina, was wollen Sie damit andeuten?«

»Ich will andeuten, daß dort im Badezimmer zwei luxuriöse Frottéebademäntel mit Monogramm hängen, da unten aufgestickt«, sie berührte ihren Schenkel, »ein D, das ist deins, Dedé. Und ein M, das ist von diesem Herrn.«

Sie zog eine Fotografie aus ihrem Stiefelschaft, legte sie auf den Tisch. »Schau dir die mal an, Slucca, die habe ich in der Bademanteltasche gefunden.«

Das Zimmer fing an, sich um mich zu drehen, ich wußte nicht mehr, ob ich unter den Pompejanern, den Hettitern, den Balkanesen, den sechshundertdreißig Abgeordneten der Republik war.

Es war ein Foto von Migliarini (und nicht gerade eines der schmeichelhaftesten).

»Nein, nein«, protestierte Dedé, »ihr wißt ja nicht, ihr versteht ja nicht, ich mit so einem ...«

»Migliarini ist sein Liebhaber, Slucca. Und das ist ihr Liebesnest.«

Ich klammerte mich an die Tischplatte.

»Nein, nein, den da kenne ich doch nicht einmal«, schluchzte der schwule Hettiter fast.

Die junge Frau legte ihm eine Hand auf die Schulter.

»Autsch!«

»Sag uns die Wahrheit, Dedé, was treibst du hier mit diesem Mann?«

»Autsch!« schrie Dedé wieder. Dann schlug er die Hände vors Gesicht. »Was heißt denn treiben, Signorina. Umbringen sollte ich ihn! Ich habe ihn nie in meinem Leben gesehen, deswegen habe ich doch das Foto, um den Türken zu erkennen.«

»Hat man dir gesagt, er komme hierher?«

»Ja, ein türkischer Terrorist, Drogendealer, mehrfacher Mörder, ein äußerst gefährlicher Mann ...«

»Aber hier liegt ein grundlegendes Mißverständnis vor!« schrie ich. »Der Türke bin ich, ich habe mich extra verkleidet!«

»Onorevole, ich weiß nicht, was Sie damit zu tun haben, die Falle war für diesen andern.«

Die Falle. Eine Falle für Migliarini. Aber Migliarini hatte mich an seiner Stelle geschickt und wußte folglich, daß ich ermordet werden würde. Deswegen also hatte er mich beim Abschied umarmt. Ich hatte ein Sauerstoffdefizit, konnte nicht mehr atmen, verstand nichts mehr. »Dedé, bring ihm ein Glas Wasser, schnell!«

Der moabitische Killer ging ins Bad, und mit zwei Sprüngen war das Mädchen am Bett, schnappte sich das Buch, das auf dem Stuhl daneben lag (zusammen mit einer Schachtel Pralinen und einem goldenen Feuerzeug), kam zu mir zurück.

»Schau her, Slucca, es ist alles klar.«

Das Buch hatte den Titel *Größe und Wohltat des politischen Mordes, von Julius Cäsar bis J.F. Kennedy.*

Ich schluckte das bißchen Spucke, das ich noch hatte, und sagte: »Aber was hat das mit mir zu tun, ich bin doch nicht zu vergleichen mit ...«

»Lies, wer der Verfasser ist, Slucca.«

»›Dr. Miranda Danieli‹«, las ich mühsam. »›Größe und ...‹ Mein Gott, die Danieli. Die psychoparlamentarische Therapeutin vom Melliniuf...«

Der Moabiter kam mit dem Wasser herein, und sofort fiel Lauretta über ihn her.

»Dedé, du hast bei der Danieli den Kurs zur Wiedergewinnung der Skrupellosigkeit absolviert, gib es zu!«

Der Mann setzte sich abrupt, trank selbst mein ganzes Glas Wasser aus. Dann, sich immer noch die schmerzende Schulter massierend, beichtete er: Ja, er sei schwach gewesen, diese Frau habe ihn verhext, hörig gemacht, ihm nacheinander alle Werte der zivilen Auseinandersetzung, des demokratischen Dialogs im Fernsehen und im Restaurant, der Toleranz, der Nachsicht, der Achtung vor dem Gegner, auch wenn er ein Schuft ist, zerstört und ihm mittels der Beispiele von Heinrich IV. und Lincoln, Umberto I., Erzherzog Ferndinand und Aldo Moro den Mord an diesem Türken als eine hochwirksame und hochethische Medizin erscheinen lassen, trotz der möglichen Komplikationen und Nebenwirkungen, die zweifellos …

Tränen der Reue und Scham liefen ihm die Wangen hinunter. Ich bemühte mich, die Situation zu erfassen, aber ich kam einfach nicht über das Melliniufer hinweg.

»Aber diese Miranda«, sagte ich, »diese Frau Doktor ist mir gar nicht so verbrecherisch vorgekommen, sie hatte sehr klare Vorstellungen, das ist wahr, aber daß sie zum Mord aufhetzen würde, das … Und außerdem, was habe ich ihr denn getan?«

»Aber *sie* ist doch nicht Dedés Liebhaberin, das M auf dem Bademantel ist nicht ihr Monogramm«, ereiferte sich Lauretta. »Und das Ziel warst doch nicht du, Slucca, was hast du denn verstanden? Die fragliche Frau ist ...«

Man hörte das diskrete Fiepsen eines Handys. Dedé fuhr mit der Hand in seine Tasche, Lauretta wühlte in ihrem geräumigen Beutel. »Nie«, fluchte sie, »nie, verdammt, kann man einmal ...«

Aber es war Dedés Handy, das klingelte.

»Neun, zwei mit Milch«, sagte eine Stimme.

»Ich komme«, antwortete Dedé. Und uns erklärte er: »Ich muß ihnen den Kaffee raufbringen.«

»Wieso denn ›rauf‹?«

»In das Türmchen rauf.«

»Und was ist in dem Türmchen?«

Dedé zuckte die Achseln. »Phh ... da ist ein Komitee, Leute, die manchmal abends hierherkommen, reden, diskutieren, worüber, weiß ich nicht ...«

Diesmal mußte ich einfach verstehen. Das waren sie, die Eigentlichen Mächte, getarnt unter wer weiß was für einem Decknamen.

»Und wie heißt dieses Komitee?«

»Der Achte Hügel.«

Der Achte Hügel! Seit längerem ging schon die Rede von dieser einfallsreichen und mutigen Initiative, zu deren Beförderung sich eine internationale Elite von Urbanisten, Architekten, Landschaftsgestaltern, Umweltspezialisten, Geologen zusammengefunden hatte. Die Absicht war, die Stadt der Sieben Hügel mit einem zusätzlichen Hügel auszustatten, eine mit den heutigen modernen Baggern technisch durchaus machbare Sache. Rom sollte der Welt ein deutlich sichtbares Signal der Entwicklung und des Fortschritts geben, zeigen, daß Italien den großen Herausforderungen des dritten Jahrtausends gewachsen war. Doch es war auch bekannt, daß innerhalb des Komitees noch keine Einigkeit darüber hatte erzielt werden können, wo genau der zusätzliche Hügel entstehen sollte, wenn auch bereits zwei weit entwickelte Projekte, für einen im Norden, einen im Südwesten, vorlagen. Außer diesen inneren Divergenzen mußten auch die Langsamkeit der Bürokratie, die schwierige Finanzierung, die Feindseligkeit der ultra-reduktiven Gruppen (wenn schon, dann lieber zwei weniger!) und der ultra-expansiven Gruppen (und warum nicht zwölf, wo wir schon dabei sind?) berücksichtigt werden. In jedem Fall war das Ganze ein äußerst schwieriges, langwieriges Unternehmen und eine ideale Tarnung für die Eigentlichen Mächte, und sie konnte jahrelang vorhalten.

»Runter mit der Jacke, Slucca!« befahl mir die junge Frau. »Und du, zieh deine aus, Dedé!«

Der Reuige hantierte schon an der Espressomaschine, um die neun Kaffees zu bereiten, und gehorchte mit offensichtlicher Erleichterung. Ich dagegen ...

»Beeil dich, Slucca, jetzt sind wir dran!«

Frage: Kann ich jetzt noch zurück? Objektiv gesehen, ohne weiteres. Du brauchst nur durch die Tür zu gehen, die Treppe hinunter und aus dem Haus heraus, niemand wird dich aufhalten. Wenn, dann ist das jetzt der Augenblick, um dich abzusetzen, mit dieser Einschleusemission Schluß zu machen. Aber die Ehre, die tragische Geschichte mit der Ehre, die kriegt mich dran ...

Und so ziehe ich Migliarinis Jacke aus, schlüpfe fügsam in die Jacke des zweideutigen Zimmerkellners, die das Mädchen mir reicht, und fühle mich nicht mehr türkisch, sondern trojanisch, Hektor, der die Rüstung anlegt und seinem Schicksal entgegengeht.

»Komm, ich knöpfe sie dir zu, Slucca.«

Oder ist es wegen des Mädchens, daß ich so sehr den Ehrenwerten gebe? Sind es die Frauen, die uns seit Anbeginn aller Zeiten drankriegen? Weil wir bewundert und auf lange Zeit geliebt werden wollen?

»Die Espressi sind fertig«, singt Dedé in Kürze, viel zu bald, und präsentiert mir ein großes Tablett mit den neun Täßchen und ihren Deckelchen darüber. Ich ergreife das Tablett wie ein Roboter, trete auf den Korridor hinaus, hinter dem Mädchen, das den Gang sogleich mit sicherem Schritt bis nach hinten durchmißt, eine kleine Tür aufmacht, eine Wendeltreppe hochzusteigen beginnt. Jede Stufe bringt mich der Katastrophe näher, aber dieses schwarze Seidencape (oder ist es aus Synthetik?) ist unwiderstehlich, ich folge ihm, laufe ihm fast nach, wobei ich achtgeben muß, meine ausgelatschten Schuhe nicht zu verlieren. Sterben für eine Gestalt, die da über mir zwischen welligen Falten hervorschimmert? Ja, Slucca ist zum Opfer bereit. Er sieht jedoch deutlich die Schlagzeilen vor sich. *Geheimnisvoller Tod Onorevole Sluccas an einer Wendeltreppe. Spuren von Milchkaffee auf der Leiche;* oder *Der leblose Körper Onorevole Sluccas von schwerem Tablett zerschmettert aufgefunden. Selbstmord oder Verbrechen?*

Dann endet die Spirale an einem kleinen Treppenabsatz mit einer müden Aspidistrapflanze, das Mädchen kramt in seinem Beutel, holt eine kleine Fernsehkamera heraus, bedeutet mir, an das Türchen zu klopfen, ich bedeute ihr, daß ich die Hände voll habe, und so übernimmt sie es, zu klopfen, die Tür zu öffnen, mich hineinzustoßen.

Ein letztes qualvolles Zögern: Könnte es nicht aus reinster Gutmütigkeit sein, daß ich mich bis hierher habe locken lassen? Bist du nicht vielleicht einfach ein Nonstop-Dackel, Slucca?

Es ist keine Zeit für eine genauere Analyse, ich muß den letzten Schritt tun und stehe in einem quadratischen Sälchen mit schwarzen Deckenbalken und einem Tisch in der Mitte, über dem eine nackte Glühbirne von wenig Volt hängt.

»Ah, gut, da ist ja endlich der Kaffee«, sagt eine heisere Stimme.

Es ist die Stimme des alten Senators Portis, unser aller historisches Gedächtnis. Aber niemand achtet auf den schnauzbärtigen Kellner, der nun seine Runde antritt, die zehn Köpfe sind über verstreute Blätter, bunte Heftmappen, Notizblöcke, Notebooks gebeugt. Ich bewege mich im Halbdunkel hinter dem Rücken der Eigentlichen Mächte, im heftigen multiethnischen Getuschel, im dichten Rauch erbittertster Verhandlung. Ich stelle ein Täßchen und Tütchen vor einem gewaltigen blonden Mann mit einem Nacken wie ein Sequoienstamm ab, der auf englisch etwas zu einem hageren bebrillten Herrn sagt, während ein dritter Mann mit einer Zigarre zwischen den Zähnen auf deutsch mit einem debattiert, der sich dabei seine Fliege geraderückt. Ich kenne keinen, ich verstehe kein Wort, ich sehe auch einen Japaner (ist es der eine, der keinen Kaffee will?) und einen hohen Offizier in einer ausländischen Uniform. Und dann komme ich zum Stuhl einer Frau, und was für einer Frau, Slucca!

»Für mich mit Milch«, sagt sie von der Seite zu mir, wobei sie ein kleines bißchen den Kopf wendet.

Es ist Dedés Liebhaberin, die M des Bademantels, die Auftraggeberin meiner Ermordung. Es ist Onorevole Mimma Malvolio, die nun zerstreut in ihrem Täßchen rührt, während sie weiter zu einem bekannten Bankier spricht, einer Allereigentlichsten Macht.

»Denn sehen Sie, Amtsdiener (so will der Mann angeredet werden, er haßt Titel, Ehrenbezeichnungen, jede Form von Exhibition), im Rahmen der großen strukturalen Reformen, die unser Land dringend braucht, ist die Privatisierung der Waffe der Karabinieri nicht nur eine Priorität, die ich, ich sage das noch einmal mit absoluter Deutlichkeit ...«

Mein Tablett scheppert laut, ich gehe zum nächsten Gast weiter, unter einer Anstrengung, für die ich alle meine Nerven, alle meine Muskeln, alle Haare meines zitternden Schnauzes zusammenreißen muß. Sie wollen die Karabinieri privatisieren!!

»Es ist ein äußerst solider Komplex«, räumt der Amtsdiener mit nasaler Stimme ein, »das steht außer Zweifel. Aber ich frage mich, ob eine OPA der Öffentlichen Verkehrsgesellschaft von Mexiko City im Zuge der Fusion mit dem Belgischen Tulpenkonsortium nicht doch ...«

Ich setze meine Runde fort, aber nicht mehr lange.

»He, du, ich hatte doch mit Milch gesagt!«

Es ist Mimma, die sich jetzt zurückbeugt, um mich erst ärgerlich, dann verdutzt, dann höchst mißtrauisch anzusehen. »Aber wer bist denn du, du bist nicht Dedé, wo ist Dedé?«

Ich bringe nur ein höchst unglaubwürdiges Gestammel heraus. »Dedé krank gewordenara, ich mußtara im letzten Moment für ihn einspringenara.«

»Aber das ist ja ein Türke!« kreischt sie los. »Du bist ein Türke, ein falscher Türke!«

Sie springt auf, läuft auf mich zu, und das Tablett fällt mir krachend aus den Händen.

»Du bist Migliarini! Und zu diesem Zeitpunkt müßtest du doch ...«

Sie ist verstört und wütend, aber einen Meter vor mir wird ihr klar, daß ich nicht Migliarini bin, daß ich ihm überhaupt nicht gleiche.

»Aber dann bist du ein Eingeschleuster!« brüllt sie. »Es ist ein Eingeschleuster unter uns!«

Mit einem Knall geht die Tür auf, und auf der Schwelle erscheint in ihrem schwarzen Cape die rasende Fernsehreporterin mit ihrer bereits surrenden Kamera in der Hand. Der Amtsdiener wirft sich unter den Tisch.

»Runter, alle in Deckung!« drängt er nasal.

Aber nicht immer ist eine Eigentliche Macht gerade deswegen auch agil. Einige verstecken sich ungeschickt hinter den Stühlen, andere ziehen sich an die Wände zurück, stoßen zusammen, fallen übereinander, puffen und treten in einem unschicklichen

Getümmel. Nur ein Mann bleibt unbewegt an seinem Platz. Es ist der alte Senator Portis, der einzige, der kaltes Blut bewahrt. Ich sehe ihn sich langsam erheben, er fixiert mich. Der erinnert sich an alles, der hat mich sicher erkannt. Und in der Tat täppelt er nun unerbittlich mit Hilfe seines Spazierstocks auf mich zu, er steht vor mir, Auge in Auge mit mir, und ich höre seinen triumphierenden heiseren Schrei aufsteigen: »Das Spiel ist aus, Oberst von Slükken, und Sie haben verloren!«

Weniger unsichtbar könnte ich an diesem Punkt nicht mehr sein. Seine vergilbte Hand packt mich beim Schnauz und zieht mit aller Kraft eines rüstigen dritten Alters. Auch ich schreie, vor Schmerz.

»Der ist doch echt!«

Der Entlarver verdreht mir weiter den Schnauz, und auch ich verdrehe und winde mich, krümme mich weitmöglichst zusammen.

»Dieser Gentleman«, verkündet sarkastisch der Senator, »hatte 1944 das Kommando der SS in Positano, ich erinnere mich gut an ihn, damals hat er ein Monokel getragen.«

Die Malvolio hat kapiert, sie stürzt sich, einen Stuhl schwingend, auf mich. »Ah, Slucca, du bist's also!«

»Slucca, die Tasche!« ruft die Fernsehreporterin mir zu.

Ich greife in meine Tasche, finde Dedés Handy.

»Die andere! Die andere!«

In der anderen ist die Spielzeugpistole.

»Nimm die Kappe ab, schnell!«

Ich entreiße dem zurücktaumelnden Senator den

Spazierstock, befreie meinen Schnauz, nehme die rote Kappe ab, fuchtle mit der Waffe herum. Aber darauf wird doch niemand hereinfallen.

»Drück den Abzug, Slucca, mach jetzt nicht auf Pistolero in Identitätskrise!«

Aber wenn es doch bloß ein Spielzeug war! Ein Klick, so scharf er auch klingen mochte, konnte doch gewiß nicht die Kräfteverhältnisse verändern. Ich drückte ab, und es kam kein Klick heraus, sondern ein ohrenbetäubender Knall. Die getroffene Glühbirne explodierte, und im Dunkel, im Geschrei, unter den entsetzten Stößen und Püffen, in der aufbrandenden allgemeinen Panik spürte ich dieses Händchen, das mich fortzog, komm weg von hier, Slucca, schlüpf zu mir unter mein Cape, ich schütze dich, ich mache dich unsichtbar. Ich schlüpfte darunter, schleuste mich ein, und nie ist eine Flucht bebender und – ach! – kürzer gewesen, ein süßes verklammertes Herunterstürzen über das treulose Wendeltreppchen, eng aneinandergeschmiegt in gemeinsamer Angst. Ich habe meine Schuhe verloren, aber was machte das schon? Wir kamen im Korridor an, liefen am Liebesnest vorüber (Dedé, der wieder vernünftig gewordene Hettiter, mußte bereits seine vorbereiteten Fluchtmaßnahmen getroffen haben) und dann Hals über Kopf die Treppe hinab bis zur Haustür auf den Kies in den Garten hinaus, eine Tortur für meine nackten Füße.

»Aber die Waffe war ja echt!«

»Hast du das denn nicht kapiert, Slucca? Das mit der roten Kappe ist doch ein alter Trick. Komm, wir nehmen mein Moped.«

Sie suchte zwischen den spärlichen Büschen, fand es nicht, fluchte, ihre etwas zerdrückte grüne Bürste zitterte vor Wut.

»Aber ich habe es doch hier abgestellt, ich hatte es sogar abgeschlossen!«

Man hatte es ihr gestohlen, vielleicht brauste eine Eigentliche Macht (der Amtsdiener?) in diesem Augenblick darauf nach Rom, und dazu noch ohne Helm. Wir machten uns zu Fuß auf den Weg die Straße entlang, und nach ungefähr fünfzig Metern fing ein geparktes Auto an, uns mit den Scheinwerfern Signale zu geben.

»Was will der denn?«

Wenige Schritte, und die albanische Nutte beugte sich zornig zum Wagenfenster hinunter.

»Was suchst du, Blödmann, geh doch ins B...«

Der Freier war Migliarini, der sofort ausstieg.

»Slucca!« rief er lächelnd aus. »Du bist es!«

Er umarmte mich mit ungeheuchelter Begeisterung, er war gerührt.

»Du hast geglaubt, ihn mit den Füßen voran rauskommen zu sehen, was?« schleuderte ihm die Albanerin ins Gesicht. »Du hast ihn doch an deiner Stelle zur Schlachtbank geschickt, du hundsgemeiner...«

Er machte kurzen Prozeß, Erklärungen würde er später abgeben, an einem Tisch, absolute Prioriät habe jetzt die Frage, wie ich nach Hause zu bringen sei, in Anbetracht des Zustands, in dem ich mich befände. Ich hätte doch blutende Füße, zittere am ganzen Leib, Schnauz und Haare stünden mir zu Berge, und Augen, als hätte man mich aus dem Tiber gefischt.

Wir stiegen in seinen Mercedes und fuhren schweigend los, ich schwieg aus Erschöpfung, Migliarini aus Vorsicht, Lauretta mit schmollend vorgeschobener Unterlippe aus Groll.

Aber man weiß, wie Frauen sind, an der Porta Pia halten sie stumme Verachtung für das einzig Richtige, an der Piazza Venezia beginnen sie, das ein bißchen wenig ausdrucksvoll zu finden, und einmal, auf der anderen Seite des Tiber, fürchten sie, es könnte mit stillschweigendem, gleichgültigem Einverständnis verwechselt werden.

»Ungeheuerlich ...«, kehrte das Zischeln zurück. »Nein, ich frage mich, woher du die Frechheit ...« – der gelbe Widerschein der Straßenlampe kräuselte sich auf dem Fluß – »... ich frage mich, woher du die Unverfrorenheit ...«

Das Gesicht des Fahrers war unbewegt, seine Stimme tonlos: »Alles vorhergesehen«, sagte er. »Jeder Zug berechnet.«

Die Mimma habe den Eigentlichen Mächten das Versammlungslokal des Achten Hügels angeboten. Und er habe das erfahren. Aber Mimma habe erfahren, daß er es erfahren habe. Daher habe er, sich der üblichen Techniken der transversalen Desinformation bedienend, ihr weisgemacht, er wolle persönlich, als Türke verkleidet, hinkommen. Sie habe Dedé in der Hand, der ihr hörig sei, ihn habe sie überzeugt, er müsse Migliarini umlegen, der wirklich Türke und gefährlich sei.

»Aber ich habe darauf gezählt, daß Dedé dich wiedererkennen und verschonen würde. Du bist nie in ernster Gefahr gewesen, Slucca, du siehst ja, ich bin hiergeblieben und habe im Wagen auf dich gewartet, nicht wahr?»

Aber ich habe sie gesehen, die ernste Gefahr in diesem fürchterlichen Durcheinander. Ich habe die Schlagzeilen lesen können: *Teuflisches Komplott. Im Liebesnest der Onorevole Malvolio sollte der Liebhaber dieser letzteren mit dem Gürtel eines Bademantels den falschen Selbstmord Onorevole Sluccas inszenieren.* Oder noch schlimmer: *Von Schüssen durchlöcherte Leiche am Strand von Fregene gefunden. Ein türkischer Händler oder Onorevole Slucca?* Oder schließlich: *Onorevole Migliarini mit vielen Entschuldigungen aus der U-haft entlassen. Onorevole Malvolio, Senator Portis, die Firstdomina, die Firstdoofy bestätigen glaubhaft sein Alibi (Wir waren alle zusammen beim Abendessen in der Komfortkellerwohnung des Amtsdieners). Die Polizei tappt im dunkeln.*

In Monteverde Nuovo wollte Migliarini noch einen Moment mit hinaufkommen, um sich zur Klärung weiterer Einzelheiten an einen Tisch zu setzen. Nicht daran zu denken! Er wollte sich wenigstens kurz Laurettas Filmmaterial ansehen. Nicht einmal im Traum! Er wollte das Mädchen nach Hause fahren, das zwar eine Hyäne war, aber so allein mitten in der Nacht in Rom häßlichen Abenteuern ausgesetzt sein konnte ...

»Du bist das häßliche Abenteuer ...«, fauchte sie. Und als sie aus dem Wagen stieg, streckte sie die Hand durchs Fenster und zog ihn böse am Schnurrbart.

»Schuft!« sagte sie und zeigte ihm alle ihre Zähne.

»Aber da liegt«, verteidigte er sich unter Tränen,

»ein grundlegendes Mißverständnis vor ... ich habe doch nicht ...«

»Hau ab, du Bastard von einem Hurensohn!«

Sie hat übertrieben (auch wenn technisch gesehen ...). Ich konnte ihre Empörung verstehen, aber die Politik besteht eben aus so vielen Nuancen, aus widersprüchlichen Seiten und Kehrseiten, aus tausend erlaubten und unerlaubten, offenen und verborgenen Manövern, aus Signalen, Zeichen, falschen Pisten, kurzfristigen und langfristigen Kniffen, Korrekturen und Korrekturen von Korrekturen, vergeblichen Berechnungen, die unverständlich herumrollen wie Wolken am Himmel. Man kann da nicht mit dem Schwert hineinfahren, wie dieses kühne Mädchen es tun wollte. Es bringt nichts.

»Aber wieso machst du da mit, Slucca? Das würde ich gern mal wissen.«

Das kann man nicht wissen, niemand von uns könnte, auch wenn er es wollte, die Wahrheit sagen: Er weiß sie nicht.

»Na ja, siehst du«, fing ich an, »ich möchte mich ganz klar ausdrücken ...«

Der Aufzug hielt, die Türen gingen auf, wir traten in die Zweizimmerwohnung.

»Es ist nichts Ernstes«, sagte das Mädchen zu Vasone, »deinem Türken ist nichts passiert, er wird dir alles selbst erzählen.«

Gehara nicht fort, flehte ich, gehara nicht weg, bleibara hier, legara dich zum Türken in sein Bettchen ...

»Das Spiel ist aus, Slucca. Ich lasse dir das Cape zur Erinnerung.«

Sie drückte mir ein Küßchen auf die Stirn und zog wieder in die Nacht hinaus, kriegerisch und wunderschön in ihren langen weißen Stiefeln. Und ich ging, während Vasone mir einen Lindenblütentee kochte, ins Bad und rasierte mir den Schnurrbart ab.

INHALT

PIPER

Carlo Fruttero & Franco Lucentini
Der Liebhaber ohne festen Wohnsitz

Roman. Aus dem Italienischen von Dora Winkler.

319 Seiten. Halbleinen

»Ein Liebesroman, der im heutigen Venedig spielt, ist eine völlig unmögliche Sache. Venedig ist eine Postkarte, die man nicht mehr benutzen kann. Und gerade deshalb haben wir eine venezianische Liebesgeschichte geschrieben. Das Klischee ist der einzige Zugang zum Klischee.«
Fruttero & Lucentini

Der rätselhafte Reiseleiter Mr. Silvera und eine in Sachen Kunst reisende römische Prinzessin begegnen sich in Venedig und geraten in den Sog einer ebenso rätselhaften Liebesgeschichte. Nebenbei geht es um Kunstschmuggel, doch Fruttero & Lucentini verknüpfen kriminalistische Verwicklungen und die romantisch-phantastische Liebesgeschichte zu einem literarischen Erzählstück, das auch, so die Frankfurter Allgemeine Zeitung, »als treffende zeitgenössische Variation einer alten Legende oder als leichthändiger Erzählessay über die Unbeständigkeit der Liebe gelesen werden kann«.

PIPER

Carlo Fruttero & Franco Lucentini
Das Geheimnis der Pineta

Roman. Aus dem Italienischen von Burkhart Kroeber.
448 Seiten. Leinen

Ausgerechnet einen Abend vor Weihnachten häufen sich
beim Carabiniere des benachbarten Städtchens, dem
Maresciallo Butti, die Vermißtenmeldungen, so daß er seine
Ermittlungen, die sich bald als ziemlich vertrackt herausstellen, aufnehmen muß. Sie führen ihn vom dekadenten
Grafen Delaude, der sich über die Feiertage vorgenommen
hat, das blutjunge Model Katia zu verführen, zur schönen,
einsamen Signora Neri und ihrem schüchtern-depressiven
Verehrer Monforti; von der Tarot-Expertin Eladia zum
lebensmüden Organisten Kruysen; von Ugo, dem Einsiedler,
und Pater Everardo, dem Kapuzinermönch, bis zu den von
einem Kreativ-Tief geplagten Komikern Max & Fortini –
und immer wieder landet Maresciallo Butti bei Signor
Zeme und seiner psychisch labilen Frau Magda; immerhin
wird das Ehepaar in diesem Jahr das Christfest auf ganz
besondere Weise verbringen ...

PIPER

Alessandro Baricco
Seide

Roman. Aus dem Italienischen von Karin Krieger.
132 Seiten. Geb.

»Ich wollte eine Geschichte schreiben wie weiße Musik,
eine Geschichte, die klingt wie die Stille.«
Alessandro Baricco, in Italien schon seit Jahren gefeierter
Literaturstar, präsentiert sich erstmals dem deutschen Publikum mit einer poetisch-zarten Parabel auf die Liebe: Sie ist
leicht und elegant wie ein Seidenschal auf den Schultern
einer schönen Frau.

»Der Roman Alessandro Bariccos ist gewebt, wie der Stoff,
um den es geht: elegant und nahezu gewichtslos. Die
Geschichte ist komponiert wie ein Musikstück, jedes Wort
scheint mit Bedacht gewählt, jede Ausschmückung, jedes
überflüssige Wort ist fortgelassen. Das schmale Buch
bekommt durch diese Reduktion seine außergewöhnliche
Dichte, seine kühle, in manchen Passagen spöttische,
zugleich seltsam melancholische Stimmung.«
Sabine Schmidt, BücherPick

PIPER

Alessandro Baricco
Oceano Mare

Das Märchen vom Wesen des Meeres. Aus dem Italienischen
von Erika Cristiani. 279 Seiten. Geb.

Ein einsamer Maler, der mit Meerwasser das Meer täglich
neu zu malen beginnt. Ein skurriler Wissenschaftler, der für
eine Enzyklopädie die Grenzen des Ozeans festlegen will.
Ein junges Mädchen, das zu zart ist, um zu leben, und zu
lebendig, um zu sterben. Eine schöne Frau, die in der
Abgeschiedenheit des Strandes von der Liebe genesen will.
Sie gehören zu der illustren Gästeschar, die Alessandro
Baricco in der Pension Almayer irgendwo am Meer,
außerhalb jeder Zeit, versammelt hat. Die philosophisch
anregenden Gespräche der hier Gestrandeten und die
geheimnisvolle Atmosphäre dieses symbolträchtigen
Mikrokosmos üben auf den Leser eine einmalige magische
Anziehungskraft aus. »Oceano Mare« ist ein Buch voll
Poesie und Weisheit. Ein Buch über die Sehnsucht nach
Erkenntnis und Wahrheit, Erfüllung und Vollkommenheit.
Ein Buch über Genies, Träumer und Sinnsucher.

Alessandro Baricco

Novecento

Die Legende vom Ozeanpianisten. Aus dem Italienischen
von Erika Cristiani. 83 Seiten. Geb.

Auf dem luxuriösen Ozeandampfer Virginian, der zu Beginn
des Jahrhunderts zwischen der Alten und Neuen Welt
hin- und herpendelt, wird ein ausgesetztes Baby gefunden,
dem die Matrosen den Namen seines Geburtsjahres geben:
Novecento, Neunzehnhundert. Noch ahnt keiner, welch
seltsames Schicksal dieses Findelkind haben wird. Novecento wird nämlich zeit seines Lebens nicht mehr von Bord
gehen: Er wird der sagenhafte Ozeanpianist, ein Vorläufer
des Jazz, eine lebende Legende.
Die poetische Sprache von »Seide« und die Phantasie von
»Land aus Glas« verbinden sich in dieser wundervollen
Geschichte um Musik, Leidenschaft und die Macht der
Freundschaft. Der heimatlose Pianist Novecento ist ein
Emblem unserer Epoche, sein Schicksal eine Metapher für
eine Reise ohne Ende. Der Ozeandampfer zieht durch die
Geschichte unseres Jahrhunderts, doch im Hintergrund
swingt und summt es dazu im Rhythmus des Jazz, daß es
eine Lust ist.

PIPER

Isabella Bossi Fedrigotti
Unter Freundinnen

Roman. Aus dem Italienischen von Monika Lustig.
182 Seiten. Geb.

Ein Reigen schöner, erfolgreicher Frauen, die mitten im
Leben stehen und eines gemeinsam haben: Nie genügen sie
dem hohen Anspruch, den sie an sich selbst stellen.
Sie haben alles, was das Herz begehrt: Sie sind attraktiv und
beruflich erfolgreich, sie stehen mitten im Leben und lieben
interessante Männer. Und doch würde keine aus dem Kreis
der zehn hier porträtierten Frauen von sich selbst behaupten:
»Ich bin glücklich!« Ob Cristina, die nur dann aufblüht,
wenn anderen Unglück widerfährt und sie rettend eingreifen
kann; ob Ludovica, die elegante Geschäftsfrau, die sich für
ihren blasierten Dauerverlobten eisern in Perfektionismus
übt; ob Francesca, deren üppiger Busen die Männer betört,
für den sie selbst sich aber haßt – oder Emilia, die witzigste,
pfiffigste der zehn Freundinnen, die meint, daß die anderen
ihr etwas voraushaben: Sie alle verkörpern die moderne
Frau, die wir selbst sein könnten – oder unsere beste Freundin. Die Frau, die sich bis zur Selbstaufgabe opfert für das,
was sie meint, darstellen zu müssen.

PIPER

Radek Knapp
Herrn Kukas Empfehlungen

Roman. 251 Seiten. Geb.

Der Zufall führt ihn nach Wien. Genauer gesagt die
Empfehlung seines weltläufigen Nachbarn Herr Kuka.
Und für eine Flasche Wodka hat er Waldemar gleich noch
den Namen des preiswertesten polnischen Reiseunter-
nehmens mitgeliefert: »Dream Travel«. Nun also sitzt
Waldemar in dem einzigen Fahrzeug des Unternehmens
und rollt Richtung Westen. Zwischen sich und dem großen
Reiseziel nur die österreichische Grenze. Während alle
übrigen Insassen hastig damit beschäftigt sind, Zigaretten
in den Hohlräumen des Busses zu verstauen, widmet
Waldemar sich reinen Gewissens dem einzigen weiblichen
Wesen an Bord. Doch die abenteuerliche Grenzüber-
querung, die nun folgt, und Waldemars nur mäßig erfolgreicher Charme geben ihm einen ersten Vorgeschmack
darauf, was ihn, unbekümmert, polnisch und völlig mittel-
los, im Goldenen Westen so alles erwartet.
Literaturpreisträger Radek Knapp erzählt einen erfrischend
modernen Schelmenroman.

PIPER

Sten Nadolny
Er oder ich

Roman. 264 Seiten. Geb.

Ole Reuter, alt gewordener Stratege, Humorist und
Melancholiker, nimmt sich einen Monat Auszeit: Er reist
erneut per Bahn durchs Land, um zum früheren Lebens-
gefühl zurückzufinden. Das Ergebnis sieht eher nach
einem Teufelspakt aus ...
Was ist aus ihnen geworden – aus der lustvoll phanta-
sierten Bäckerstochter aus Jerxheim, der überaus realen
Kölner Schülerin im Römisch-Germanischen Museum,
dem weißhaarigen Revolutionär aus Treuchtlingen? Vor
zwanzig Jahren, als Ole Reuter noch voll Abenteuerlust
und der Naivität eines nachholbedürftigen Dreißigjährigen
durch die Bundesrepublik reiste, bedeuteten diese Be-
gegnungen ihm, was das Leben an Erotik, Hoffnung
und Philosophie zu bieten habe. Inzwischen ist er ein
erfolgreicher, in glücklicher Ehe träge gewordener Unter-
nehmensberater. Er beschließt, sich noch einmal mit einer
Netzkarte in der weiter gewordenen Republik umzutun.
Aber diesmal begleitet ihn auf Schritt und Tritt ein kühl
analysierendes Alter ego. Wird dieser Beobachter ihm
Verderben oder Rettung bringen?

Carol Shields

Alles über Larry

Roman. Aus dem Amerikanischen von Margarete Längsfeld.
421 Seiten. Geb.

Am letzten Tag seiner Flitterwochen geht Larry Weller,
ein junger Mann mit wenig Erfahrung und ungenauen
Erwartungen, für kurze Zeit zwischen den dunklen Hecken
des Labyrinths von Hampton Court verloren: Ein Erlebnis,
das sein Leben einschneidend verändert. Denn von nun an
träumt Larry davon, ein phantastischer Landschaftsgärtner
zu werden, der zu Hause seinen eigenen raffinierten Irrgarten gestaltet. Ein Traum, der ihn zwanzig Jahre lang ge-
fangen halten wird – aber Larry hatte sowieso schon immer
das Gefühl, daß das eigentliche Leben irgendwie neben ihm
abläuft. Wie eine Woody-Allen-Figur – sympathisch, aber
etwas unbeholfen – stolpert er von der Ehe mit der kessen
Dorrie in die zweite mit der schönen Feministin Beth ...
Als er am Ende bei Charlotte landet, ist er fast fünfzig und
hat sich durch seinen Irrgarten gefunden. Mit brillantem
Humor und großer Sensibilität für die Merkwürdigkeiten,
die unser Dasein ausmachen, zeichnet Carol Shields das
Porträt eines typischen Exemplars der männlichen Spezies
in unserer Zeit. Aber was ist schon typisch männlich?